中國古典名著少年版

⑤

石玉崑原著

三俠五義

沙淑芬改寫・洪義男插畫

導讀

三俠五義最早叫做「忠烈俠義傳」，有一百二十回，原著者是清朝道光年間的石玉崑，其中所提到的包公、八王爺等人，都是歷史上有眞實記載的人物。故事假託宋代，其實表現的是作者身處的清代。三俠五義是四位俠士——南俠、北俠和雙俠（雙俠合稱，所以稱三俠），五義則是五位義士，這八位在人物介紹中，都可以看到。

另外，本書的核心人物是包公，包公清廉無私的形象，流傳千古，給後代世人樹立無以動搖的「司法青天」地位。

不論三俠或五義，在書中常有揮劍殺人的情節，以現代的角度來講，私刑當然是法律所不容許的，但在古代來說，行俠仗義本爲一種義行，只要是社會所不容的敗類，人人得而誅之，何況是身懷武藝的俠客義士，更是當仁不讓。

這是當時站在「肅清敗類」的角度來看待如此的殺人事件，所以不必負擔任何刑責，我們不妨將心靈的時空互換，回到宋朝那個年代，理當了解。

至於五義這五個人，原先的身分，僅只是地方上的土流之輩，以今天的說法，有點類似「地方角頭」。爲什麼會得到包公的賞識，進而榮獲仁宗皇帝的封賜加官呢？這一切都是由於包公和五義之間的一種特殊情誼。

包公欣賞五義的俠義之風，和各人擅長的本事，爲了想延攬給皇上，爲國舉才，不但未治他們一些冒上的罪，反而保舉他們，也可以說，是欣賞他們的優點，而缺點則用教化的方式來改變他們。

就五義來說，在地方上雄霸一方，其實心中並不是絕對的快樂，既然素有青天大老爺威名的包公，能對他們付出眞誠，心中豈有不感動之理，再者榮獲皇帝召見，在殿前獻藝，更是何等光榮。

這一切的因素，促成了五義從地方角頭，躍升成爲中央的武官。這其中的改變，完全是心甘情願的。在中國的武俠史中，只有這一段，是俠者甘爲官府清官所用，除暴安良，並受封爲官。與其他的武俠是不同的，所以才稱爲俠義。

另外還有一點必須提到，故事中的判處死刑，都是用鍘刀鍘下人頭的方式，閱讀的時候，會覺得非常殘忍。不過，若敞開心胸，以歷史的層面來看，在九百多年前的宋朝，地方大，人民貧窮，政府官員無力顧及鄉野地方，在「治亂世，用重典」的大原則下，只有判這樣的刑，才能遏止住像野火燎原般的各種犯罪。

進入那樣的時空中，跟著包公一起審案，跟著三俠四處訪查，跟著五義上山下海，將自己也化身爲故事中的主角，在讀本書的時候，你會得到空前的滿足和快樂。現在，我們就一起坐著時光機回到宋朝吧！

人物介紹

▲包公——

包公姓包，名拯，字希仁，原爲定遠縣的縣令，後來由於大公無私，無案不破，不但升爲開封府的府尹，還被仁宗皇帝封爲龍圖閣大學士。由於爲官清廉，不畏權勢，世人都稱他爲包青天。

▲南俠展昭——

武藝絕頂，是包公身旁的得力左右手，曾經多次救過包公，皇帝還在耀武樓率文武百官欣賞他的才藝，後來被皇帝封爲御前四品帶刀護衛，由於動作輕巧，皇帝還特別賜他「御貓」的美名。

▲北俠歐陽春——

身材高大，有著綠色的眼睛和紫色的鬢毛，外形特殊，大家都稱他紫髯伯，嫉惡如仇，專替弱小打抱不平。不同於其他人的地方是，他善用機智，會謹慎思考，是難得的文武奇才。

▲雙俠丁兆蘭、丁兆蕙——

他們兩人是雙胞胎的兄弟，長得非常相像，家住茉花村，是蘆花蕩地區北半部的領袖人物，家境富裕，喜歡劫富濟貧，同樣武功高強，樂於助人。

▲鑽天鼠盧方——

是蘆花蕩地區南半部陷空島盧家莊的莊主，豪情萬丈，也是五義中的老大，能爬到高高的桿子上，人稱「鑽天鼠」。

▲徹地鼠韓彰——

是當兵的出身，會一些軍中技藝如做地雷等，也會挖地溝，做防禦工事，更會做毒藥鏢，做爲武器的一種，在五鼠中排行老二，人稱

「徹地鼠」。

▲穿山鼠徐慶——是鐵匠出身，很會鑽山探孔，常從這個山頭進入，卻從那個山頭出來。爲人粗率，屬於不拘小節型的人，人稱「穿山鼠」，在五義中排行老三。

▲翻江鼠蔣平——身材瘦小靈活，排行第四，熟悉水性，在水中不但能看得見東西，還能在水底待上一整個月，宛如水生動物一般，而且還身輕如燕，能在水面上踏步行走，人稱「翻江鼠」。

▲錦毛鼠白玉堂——是五義中的么弟，長像最爲體面，面容俊秀，但性格偏執，作風霸道，常常出紕漏，給義兄帶來麻煩。由於長得好看，故稱「錦毛鼠」。

展昭和丁小妹比武定親。

白玉堂和展昭兩人鬥智，展昭中計掉到皮兜子裏。

歐陽春巧扮妖精，將魚肉百姓的馬剛除去。

蔣平故意掀船，害白玉堂落水，再將他救出送往丁府。

目次

第一回　審烏盆

宋朝年間，在一個叫做小沙窩的村子裡，住著一位靠打柴爲生的老頭兒，叫做張別古，因爲排行老三，別人又叫他張三。

張別古爲人直爽，最好打抱不平。有一天，他閒來無事，忽然想起住在東塔窪的趙大，還欠他一擔柴錢，共四百文。張別古心想：「我今天就去把四百文給討回來吧！」

張別古拄了枴杖，鎖好房門，就出發往東塔窪去了。到了東塔窪趙大家門口，只見房舍煥然一新，張別古心想：「怎麼不像以前的趙家呀？我還是向隔壁打聽一下吧！免得走錯了門。」

問了左鄰右舍之後，才知道，原來趙大發了財，也修了房子，附近的人，都稱呼他「趙大官人」呢！

張別古走到趙家大門口，用力用竹杖敲趙大的門，一邊敲，一邊叫著：「趙大趙大，開門哪！」

裡面有了回應：「什麼趙大趙二的，你是誰呀？」門應聲而開，張別古仔細一瞧，來開門的果然是趙大，穿著華麗的衣服，還眞是發了財。

趙大看到是張別古，馬上說：「原來是張三哥呀！好久不見了，你好嗎？」

張別古說：「你先別跟我稱兄道弟的，你欠我的柴

官人：原是指有官職的人，但後來一般百姓對於有錢人家的主人，也稱作官人。不過多指年輕人，年長者則稱員外。

錢四百文，什麼時候還我？」

趙大說：「沒什麼要緊的事兒嘛！請裡面坐吧！」這時，裡面走出了一位婦人，趙大向張別古說：「這是我弟媳。」又對婦人說：「他是張三哥，不是外人。」

婦人走向前，向張別古鞠躬問好。張別古冷冷的對婦人說：「恕我腰痛，我不能還禮。」

趙大叫：「請裡面坐吧！」張別古只好進去了。經過院子的時候，看到了一排排的烏盆子，堆了好多。

進屋之後，趙大叫婦人倒茶。張別古對趙大說：「我不喝茶，你別來這套，趕快還錢吧！」

趙大說：「張三哥，您放心，我這就去拿給您。」說完就進屋去，把錢拿了給張別古。

張別古收下了錢，站起來對趙大說：「你那些小盆

烏盆：用泥炭燒成的盆子，爲黑褐色，故叫烏盆。

子給我一個吧！就算是折抵零頭好了。」

趙大一口答應：「你就隨便拿一個吧！」張別古隨手挑了一個烏盆，挾在腋下，轉身走了出去。

東塔窪回小沙窩的路程，足足有三里，途中還經過一個樹林子。張別古走到樹林中，忽然間颳起一陣風。

張別古打了一個哆嗦，這時，挾在腋下的烏盆忽然掉了下來，在地上轉了幾轉後，發出了聲音：「哎喲！你摔疼了我的腰啦！」

張別古一聽，心想，一定是年紀大了，耳朵有毛病，聽錯了。於是撿起盆子，繼續往前走。這時又聽見後面有個聲音：「張伯伯，等我一下嘛！」

「奇怪！」張別古回頭看了看，什麼人也沒有，不禁自怨自嘆說：「唉！真是時運不佳，連鬼都要捉弄我。想我張別古，生平不做虧心事，怎麼會大白天遇見鬼呢？難道是我不久於人世了嗎？」

張別古邊奔跑，邊忖度，跑了不知道有多久，終於跑回了他的茅草房。他立刻拿鎖匙開門。

進入屋內，張別古放下烏盆，擱好竹杖，連忙將門鎖好，再用東西頂住門，這時，他覺得疲倦極了。

此時，樹林子裡的那個聲音又響了起來：「伯伯，我死得好苦哇！」張別古一聽，心想：「我怎麼把鬼給帶進屋裡來了？」

不過，既來之，則安之，張別古心中光明磊落，不怕鬼邪，便說：「好吧！你說話吧！我好好聽著。」

烏盆開口說話了：「我姓劉，名世昌，住在蘇州閶門外的八寶鄉，家有老母周氏，妻子王氏，還有一個三

竹杖：用竹子做成的枴杖，因中空，故質輕，又因有節，故堅固，此木杖製作方便，且好用。

歲的孩子，名叫百歲。

我本來是做綢緞生意的，有一天，我騎著驢子，帶著貨款，準備回家。由於行李太重，路途又遙遠，就夜宿在趙大家。

不料趙大夫婦心腸狠毒，不但把我殺了，奪走了我的錢財，還把我的血和肉，和了泥焚化，燒成了烏盆，我眞是冤沈海底呀！

求求伯伯您，能替我在包公面前伸明冤情，報仇雪恨，我將感恩不盡。」說完，放聲大哭。

張別古聽他哭得可憐，不由得動起惻隱之心。這時，張別古心中已經完全沒有恐懼，便叫了一聲：「烏盆。」

烏盆回答說：「有呀！伯伯。」

張別古對烏盆說：「我雖然願意替你鳴冤，但恐怕包公不會接受我的陳情，你必須跟著我去才行。」

烏盆說：「我願意跟著伯伯您去。」

聽到烏盆允諾跟隨前往，張別古高興得自言自語：「這下子，不怕包公不相信了。對了！我還得把他的名字和居住的地方記清楚，背熟了才行。」於是又重新默記了一遍。

張別古爲人古道熱腸，自從決定了替烏盆去伸冤以後，一整夜沒有睡覺。天還沒亮，張別古就帶著烏盆，拄著竹杖，鎖好屋門，直奔定遠縣府。

到了定遠縣府，天色尚早，張別古隨便找了一個地方坐下來，等候縣府衙門開門。

等了好一會兒，終於聽到「呀——」的一聲，大門

衙門：指古代的政府機關，是地方首長辦公及審案子的地方。

左右兩扇打開，縣太爺——包大人升堂了。

張別古拿著烏盆，走進衙門，大喊：「冤枉啊！」立刻就有當值的衙役，把張別古帶上堂去。

包公坐定後，問張別古：「你有什麼冤情？說出來吧！」

張別古把去東塔窪趙大家討債，得了一個烏盆，並且還遇見冤魂訴冤的案情說了一遍。並說：「我現在把烏盆也帶來了。」

包公聽了，立刻對著烏盆叫道：「烏盆。」沒有回應，包公又連叫了兩聲：「烏盆。」「烏盆。」什麼聲音也沒有。

包公想：「大概這老頭年紀大了，糊塗了。」便叫左右把張別古攆了出去。

張別古出了衙門，覺得有點奇怪，這烏盆明明會說話呀，怎麼剛才不出聲呢？就叫了一聲：「烏盆。」烏盆回答了：「有呀！伯伯。」

聽見烏盆回答，張別古有點生氣，問烏盆：「你要我訴冤，爲什麼又不開口說話呢？」

烏盆回答：「是因爲門上有門神攔阻，我是冤魂，不敢進去，您一定要替我說明。」

張別古一聽，原來是這樣，於是又回到衙門裡喊冤。當值的衙役一看是他，便開口罵他：「怎麼又是你？這回你要喊什麼冤？」

張別古說：「求求你回稟一聲，」就說剛剛是因爲有門神攔阻，所以烏盆不敢進去說話。」

當值的衙役無奈，只好替他回稟。

門神：古代傳說，掌管大門的兩位神祇，一位叫神荼，一位叫鬱壘。

包公聽了，提筆寫了幾個字，叫左右先拿去門口焚化，再將張別古帶進來。

張別古抱著烏盆上了公堂，將烏盆放下，然後跪在一旁。包公吩咐左右：「你們大家聽好，這盆子有沒有說話。」兩旁人回應：「是。」

包公在座上開始對著烏盆叫道：「烏盆。」沒有聲音。包公不禁生氣了，把驚堂木一拍，對張別古說：「你這個傢伙，我是念你年老，才不罵你，沒想到，你又來愚弄我。」然後吩咐手下，將張別古重打十大板。

衙役將張別古重重的打了十大板，張別古痛得不得了，挾起烏盆，拄著竹杖，一拐一拐的出衙門去了。

才走出門，張別古就把烏盆重重往地上一放，只聽見烏盆叫了起來：「哎喲！你摔到我的腳了。」

驚堂木：衙門內的主審官，桌上放的一塊木塊，做爲命令大家肅靜及製造威嚴氣氛之用。

張別古生氣的對烏盆說：「眞是怪了！你這次又是爲了什麼不進去呢？」

烏盆說：「我是因爲赤身露體，沒穿衣服，才不敢進去呀！這也是沒有辦法的事，請伯伯您替我再伸訴明白吧！」

張別古想到剛才挨的十大板子，不想再進去，就對烏盆說：「我已經爲你挨了十大板子了，如果再進去，可能腿都要被打斷囉！」

但是禁不起烏盆的苦苦哀求，張別古又心軟了，只好再度抱起烏盆。不過，這次他不敢從正門進去，只敢走邊門。

當值的人正在値班房裡，和別人說起這一段老頭胡鬧的事，一眼瞧見當事人又來了，連忙跑出來要趕人。

張別古趁勢往地上一坐，大叫：「冤枉啊！」包公又聽見有人喊冤，吩咐左右把人帶上來。

包公一看又是他，就問：「你這個老頭子，怎麼又來了？難道你不怕打嗎？」

張別古連忙叩頭說：「剛剛我出衙門後，又問了烏盆，他說是因爲赤身露體，沒穿衣服，所以不敢見您。如果您肯賞一件衣服，給他遮蓋遮蓋，他才敢進來。」

包公聽了，就叫人拿了一件衣服給張別古。張別古帶著衣服和烏盆，到了門外，當值的人還一直跟著他，怕他是來偷東西的。

只見張別古在門外用衣服把烏盆包好，然後對烏盆說：「我們現在要進去了。」烏盆回答：「知道了！伯伯。」

張別古聽到了回答，心中放心不少，但是又怕烏盆到時候不說話，一路上便一直呼喚著烏盆。

進了公堂之後，張別古把包了衣服的烏盆放到地上，自己在一旁跪倒。包公在座上大叫一聲：「烏盆！」這時，忽聽得一聲：「有呀！大人。」

衆人訝異得不得了。包公終於相信了烏盆會說話，於是詢問張別古詳情。張別古則把劉世昌的冤情，仔仔細細的說了一遍。每說一句，烏盆就回應一句：「正是這樣。」

包公聽完，叫張別古先回去了，聽候傳令。然後立刻吩咐書吏，寫一分公文，通知蘇州被害人劉世昌的親屬前來，另外又發令捉拿趙大夫婦。

趙大夫婦不久就被帶到堂上。包公先審趙大，趙大畫供：指罪犯看過罪行的筆錄後，所做爲承認的簽名動作。

抵死不承認殺害了劉世昌。包公只好吩咐先將趙大帶下，另外再單獨審問趙大的妻子刁氏。

包公對刁氏說：「你的丈夫已經供出，殺害劉世昌完全是妳一個人的主意。」

刁氏一聽，非常氣憤，心想趙大怎麼可以爲了脫罪，誣賴自己的妻子。於是立刻托盤而出，將趙大如何用繩子勒死劉世昌，謀財害命的事描述了一遍。還說，銀兩尚未花完。說完立刻當堂畫供，並按了手印。

包公知道案情始末了，立刻派人去將贓款起出，又帶上趙大，叫趙大夫婦對質。此時趙大仍然不招，只說那些錢是以前自己的積蓄，並不是什麼搶來的錢，更沒有殺人一事。

包公非常生氣，吩咐上大刑，衙役把夾棍套在趙大

包公審烏盆，烏盆傳出了聲音。

刑棍：古代刑具的一種，夾住罪犯手腳，使其不敢不認罪的一種棍子。

的兩腿上，包公再問趙大一句：「你招是不招？」趙大就是不招。

包公大喝一聲：「收！」衙役收緊刑棍，兩頭一夾。只聽見趙大「啊——」的慘叫一聲，原來趙大禁不起這一夾，便嗚呼哀哉死掉了。

包公見趙大已死，只好叫人把他抬了下去，並立刻記錄詳情，呈報給京中。

沒多久，劉世昌的母親和媳婦都來了。包公將起出的贓款，發還給她們；並將趙大的家產拍賣，送給她們做生活費。

婆媳二人非常感念張別古替劉世昌伸冤，打算帶張別古回蘇州去養老。張別古這邊，則因爲受了烏盆請託，好好照顧他的家人，因此便動身前往蘇州去了。

第二回　伽藍殿凶案

有一天，包公正在衙門裡審閱等待處理的各項案件。其中有一件是發生在一個叫做伽藍殿的寺廟裡的凶殺案，情節很複雜，包公決定升堂，親自審問凶手沈清。

「威——武——」升堂後，衙役們分立兩旁，喊出令人肅敬膽寒的堂威。包公入座，吩咐衙役帶上沈清。

不多久，沈清從監牢裡被帶了上來，撤下了刑具，「撲通」一聲，沈清跪倒在地上。

包公仔細的打量了一下沈清，看他年齡不過三十歲的光景，戰戰兢兢的趴在地上，還混身不住的發抖，怎麼看都不像是個凶手的樣子。

包公問沈清：「沈清，你爲什麼要殺人？從實招來。」

沈清哭著說：「大人，我是冤枉的，我根本沒有殺人呀！事情是這樣的：

那一天，我從親戚家回來，因爲天色晚了，又下著雨，我就臨時在縣南的伽藍殿古廟裡避避風雨，打算只休息一下就走。或許是趕路太累了，我不知不覺的睡著了。

第二天一早，我繼續趕路回家，走著走著，路上忽然被人給叫住。我回頭一看，原來是一個衙門裡的差僧人：就是指和尚。

役。

他問我爲什麼背後的衣服上有一大片血跡？又問我是從哪裡來的？

我也不知道爲什麼我的背後會有一大片血跡，就把昨夜在伽藍殿留宿的事情說了一遍。沒想到，那個差役硬拉著我回伽藍殿，我也只有被他拉回廟裡去了。

結果，回到伽藍殿一看，在一座神像的旁邊，竟然倒了一位僧人，是被人殺死的，地上還有好多血跡，好可怕。

我眞的不知道怎麼回事，可是差役竟說那個僧人是我殺死的，我百口莫辯，最後就被押來這裡，關起來了。請青天大老爺明察，我眞的是冤枉的。」

包公聽了沈清的敘述之後，問沈清：「你是什麼時候離開伽藍殿的？」

沈清回答：「天還沒亮時就離開了。」

包公又問：「既然你沒有殺人，但是衣服上怎麼會有血跡呢？你有沒有看到什麼人，或是聽到什麼奇怪的聲音呢？」

沈清回答：「我因爲趕路趕得很累，一進廟裡就靠著神像睡著了，也沒有看到什麼人和聽到什麼聲音。或許命案早就發生了，我的衣服剛好沾到了血跡，但是我眞的沒有殺人。」

包公聽了，覺得有點道理，便吩咐屬下，仍然將沈清押回監牢；另外立刻下令備轎，包公決定親自前往伽藍殿察看現場。

一路上，包公心中不斷思索：沈清到底有沒有騙人呢？爲什麼背後的衣服有血跡，而前面沒有血跡呢？爲什麼有人會去殺僧人呢？

終於來到了伽藍殿，包公吩咐大家在外面等候，只帶了家僕包興一個人進去。包公進入殿內，只看到殘破的神像倒塌在地上；包公繞到神像背後，上上下下，仔仔細細的檢查了一遍，又看了看地上，地上果然有一片乾掉的血跡。

「咦！這是什麼？」包公忽然瞧見神像旁邊的地上有一個東西。包公順手撿了起來，放入袖中，便吩咐衆人打道回府了。

回到了縣衙門的書房，包公叫包興把值班的人叫進來。包公問值班的胡成：

「咱們縣裡有沒有木匠？」

胡成回答：「有。」

包公吩咐胡成：「我有一件重要的活必須做，你去多叫幾名木匠來，明天一早我就要人。」

「遵命。」胡成應道。

第二天一早，胡成帶了九個木匠來到了縣衙門府。九個人先在外面候傳，等包公梳洗完畢，包公就吩咐胡成把九人帶到花廳去。

包公對九個木匠說：

「我打算做一些花盆架子，式樣越新奇越好。你們每個人至少要設計一種款式，我看上了會有重賞，你們可要好好的畫。」

說完，包公吩咐屬下拿來了矮桌和毛筆、硯臺等用具，九個人就在花廳當場設計起來了。

每個人無不專心的畫，仔細的設計，希望能得到包公的青睞；而包公也在各桌之間穿梭，觀看每個人用心設計的樣子。

沒多久，大家都畫完了。包公看到每個木匠手上都拿著一張設計圖，便對大家說：

「你們一個個拿上來吧！」

大家依序把設計圖交給包公，其中一個人在呈遞的時候，包公問他：

「你叫什麼名字？」

那人答道：「小的叫吳良。」

所有的人都遞上了畫之後，包公叫大家回家，只留下了吳良。

包公叫衙役把吳良帶到公堂，立刻點鼓升堂。

點鼓升堂：古代衙門在開始審判案子之前，門外都會敲鼓，然後呼喊「升堂」，表示告知百姓之意。

包公入座之後，把驚堂木一拍，對著吳良大喝：「你爲什麼要殺死伽藍殿的僧人？給我從實招來。」

吳良大吃一驚，立刻回答說：

「大……大人，我一直是個安分守己的小老百姓，我不認識什麼伽藍殿的僧人，更不可能去殺死僧人，大……大人，您千萬不要冤枉我。」

包公對吳良說：「我看，如果不把神像請來，你是不會承認的。」

包公立刻吩咐左右，趕快去伽藍殿把那尊神像給抬來。

把神像抬到衙門府問話？這可新鮮了！一時之間，老百姓紛紛湧來縣衙門，準備看好戲。

神像抬來了，被安放在公堂中央。此時包公離開座位，走了下來，走到神像旁邊，低聲作勢和神像說話。

「哦！是這樣啊！」

「眞的？」

「原來如此。」

如此這般一番，包公和神像「交談」了之後，又回到了座位。這時，吳良已全身發抖，看也不敢看神像一眼。

「吳良，」包公對吳良說：「剛才神像告訴我，僧人是你殺的，你承不承認啊？」

「有……有什麼證據？」吳良趴在地上，渾身不斷的顫抖著說。

「大膽吳良，殺了人還不承認，你去神像的後面看一看，你留下了什麼證據吧！」包公大喝。

木匠吳良有六根手指，這成了破案的關鍵。

左右衙役將吳良押到神像背後，吳良定睛一看，在神像的肩膀下方，有一個六指的血手印。衙役抓著吳良的左手往血手印上一比，絲毫不差！

吳良嚇得魂飛膽裂，大家紛紛吐舌稱奇，都說包公是神仙。其實，大家哪裡知道，這是包公前一天去廟裡勘察現場時，先看到神像背後有一個六指的血手印，又在神像旁邊的地上撿到了一個木匠工作用的墨斗，便想到了這件命案，可能是一個有六根手指頭的木匠所做的，所以才有了設計花盆架子的計策。

此時吳良全身發軟，趴在地上，一句話也說不出來。包公把驚堂木又一拍：「證據齊全，吳良，你還有什麼可狡賴的？」

吳良顫抖著說：「大人不要生氣，我招就是了。事

墨斗：工匠在測量建材時所用的一種器具，內有墨，當拉出線來測量時，就用線上的墨來做記號。

情是這樣的：

我原來和伽藍殿的那位僧人交情不錯，我們還常在一起喝酒。有一天，他又請我到廟裡喝酒，他越喝越多，後來就喝醉了。在言談間，他不小心說出了他多年來存了二十多兩銀子的祕密。

我問他銀子藏在哪裡，可別弄丟了。他說，丟不了的，銀子就藏在廟裡神像的腦袋裡。

我一聽，銀子就在身旁，不禁動了歹念。這時，他已經醉得不省人事了，我乾脆一不做，二不休，把他給殺死了，然後爬上神像背後，用左手扶住神像的肩膀，右手在神像的腦袋裡掏出銀子。誰知道，卻留下了手印……」

包公見他已當庭承認，又拿出了墨斗給他確定是自己掉的東西，然後畫了押，便將吳良關入了監牢。

另外，由於沈清是被冤枉的，獲得銀子十兩，算是補償。

第三回　屍龜奇案

包公因爲查案、判案秉公無私，很得百姓的愛戴，本來只是做定遠縣的縣令，後來被朝廷重用，升了官，做了開封府的府尹。

包公入主開封府之後，有一天，一個年約五十歲的鄉民，在府外大喊：「冤枉呀——」這人立刻被帶進了府裡。

進到公堂，包公問這個鄉民：「你叫什麼名字？有什麼冤枉？說出來。」

縣令：今日的縣長。

那人回答：「我姓張，名叫致仁，住在七里村。家族中有個堂弟，叫做張有道，以批發貨物爲生，住的地方離我家只有幾里路遠而已，我常常去看他。

有一天，我又去他家看他，沒想到，他的太太，也就是我的弟妹——劉氏，告訴我：『張有道死了三天了！』

我問她，張有道是得什麼病死的？還是發生了什麼意外？出了事爲什麼不通知我呢？我弟妹說：『是害心疼病而死的，因爲家中人手不夠，所以未通知族人。』

我因爲張有道死得不明不白，就向縣府提出申請，開棺驗屍。縣太爺准了，開棺驗屍的結果，什麼傷痕也沒有。

於是劉氏刁難我，說我誣賴她，我竟然因此而被縣

弟妹：又叫弟媳，指弟弟的太太。

太爺打了二十大板！我越想越不甘心，張有道以前根本沒有犯過什麼心疼病，怎麼現在冒出什麼心疼病呢？這裡面一定有問題。

現在我鄭重的請求青天大老爺明察，幫我討回公道。」

包公聽了之後，沈思了一會兒，問張致仁：

「你有多久沒見到你堂弟了？」

張致仁回答：「我們兄弟倆的感情非常好，我常常去他家和他小聊，五天前我還去過他家，和他聊得很愉快；沒想到當我再度踏進我堂弟家的大門時，他竟然已經死了三天了。」

包公心想：「五天前還見過面，過了兩天就突然死了，可能眞的有問題。」

禪師：有修爲的和尚。

於是包公立刻傳令下去，叫張有道的太太劉氏到案說明詳情。

在等候劉氏到案的這段時間裡，包公一直待在書房，這時，忽然屬下拿著一封信進來報告說：「外面有人求見，說是了然禪師推荐的。」

包公看過推荐信後，命包興去請那人進來。包公一看來人，面貌斯文，舉止彬彬有禮。相談之下，原來那人姓公孫，名策，飽學詩書，但一直懷才不遇，流落在大相國寺。後來經過了然禪師的推荐，所以前來投靠包公，希望能一展所長。

包公見他說話有條理，應對得體，又考了他一些書籍典故，都能對答如流，包公心中非常高興，便暗暗下了決定。

這時，外傳劉氏已帶到。包公一看，這名女子年紀不過二十多歲，但是臉上一點恐懼的神情也沒有，一副閱歷很豐富的樣子，一搖一擺的走了進來，然後不疾不徐的跪了下來。

包公問女子：「妳就是劉氏嗎？」

女子回答：「是的。」

包公又問：「妳丈夫是怎麼死的？」

劉氏回答：「那一天晚上，我丈夫做完生意回家，吃過晚飯，不久便上床睡覺了。到了半夜，他忽然捂著心口叫疼，我起床看他究竟怎麼回事，沒想到他一直叫疼，一直叫疼，沒有多久就死了。」

「我好難過呀——」劉氏大聲的喊叫，還流了滿臉的眼淚。

包公把驚堂木一拍，喝道：「妳丈夫到底是得什麼病死的？快說！」

劉氏一邊跪，一邊往前爬半步說：「老爺，我的丈夫眞的是得了心疼病死的，我眞的沒有撒謊。」

「眞的？」包公喝道：「既然是病死的，妳爲什麼不送信通知他堂哥張致仁呢？妳趕快從實招來，免得皮肉受苦。」

劉氏回答：「我一方面是抽不出人手去送信，另一方面也是不敢通知他。」

「哦？」包公覺得很奇怪：「爲什麼呢？」

劉氏接著說：「以前我丈夫還在世的時候，他常來我們家，如果看到家中沒別人，他就用言詞調戲我，我一直都不理他。

那天他來了，我告訴他我丈夫死了，他不但不哭，還又跟我胡言亂語，我……我眞的是說不出口呀！太難聽了呀！

當時，我連嚷帶罵的把他給轟走了，誰知他惱羞成怒，反而去縣裡告我一狀，說我丈夫死得不明不白，吵著要開棺驗屍。

後來也開了棺，驗了屍，看不到一丁點傷痕，他就被縣太爺處罰，打了二十大板；沒想到他不甘心，現在又告到老爺您這兒來了。

我眞是苦命啊！丈夫死了，如今又蒙受這不明不白的醜名，眞是冤枉呀！求求青天大老爺您給小婦人作主吧！」說完，劉氏又哭了起來。

包公看她伶牙俐齒，口若懸河的講了一大串，又頗

開棺驗屍：通常死因可疑的情形，都會打開棺木，再度檢查屍體，以重新鑑定死因。

有情理，心想：「看她這個樣子，絕非善類，我還得訪查一下才行，否則，她一定不會服罪的。」

於是，包公假裝對劉氏說：「如此說來，妳是被人誣賴了，妳先回去吧！三天後再候傳。」劉氏道謝後就回家去了。

包公退堂之後，回到書房，把事情和公孫策說了一遍。公孫策低頭沈思了一會兒，說：「據我看，這個劉氏眞的很可疑，但是她太狡猾了，一定要仔細去訪查一番才行。」

包公問公孫策：「依你看，該怎麼查呢？」

公孫策立刻站起來說：「大人，請准許我易容改扮成大夫的樣子，好去暗中訪查，有什麼狀況，我來日再向您稟報。」

易容：改變容貌、髮飾及服飾裝扮，好讓別人看不出來原來的身分。

包公想想也好，就對公孫策說：「那麼，就有勞先生您了。」

說完，立刻叫包與準備出門要帶的東西，有一個小藥箱子，一個治病的牌子，還有衣服鞋襪等隨身物品。公孫策打扮妥當，從角門暗暗的溜了出去，前往七里村去。

誰知公孫策在七里村晃了一天，什麼也沒打聽到。天黑了，公孫策就近來到了一家叫做興隆店的飯店投宿。

正打算要用晚飯的時候，忽然外面鬧烘烘的來了一群人。其中有一個長得矮矮黑黑的人，對著掌櫃的大喊道：

「喂！我們要住一間大的房間，不管是誰，即使已

角門：大型建築物的四個角都會設立小門，正常出入都不會走此門。

掌櫃的：店鋪或飯館櫃臺內的總管，掌管帳務及一切雜事。

經住了，也要騰出來給我們。」

旁邊有一個人勸他：「四弟，快別鬧了。」轉身又向掌櫃的說：「麻煩先生安排一下，因爲我們有四個人，分開來住，討論事情不方便，希望能合住一間大一點的房間。」

掌櫃的沒有辦法，因爲大一點的那間，已經被公孫策住進去了。掌櫃的只好走向公孫策，對著公孫策又是打躬，又是作揖的，說：

「先生，眞是不好意思，能不能委屈您換一間小一點的房間住？他們人多，想住一間大的房間。」說完又鞠了好幾個躬。

「那有什麼關係？」公孫策大方的說：「那就把我的房間讓給他們住，我去住小間的，沒關係。」

正說著，又進來了一位威風凜凜的黑面大漢，滿臉笑容的對公孫策說：「先生，眞是不好意思，讓您勞動，我們去擠小間的沒關係……」

公孫策急忙說：「不用，不用，我住哪裡都一樣……。」

如此二人推來讓去，忽然聽到剛剛那位矮矮黑黑的人開口說話了：「住哪裡不都一樣？只怕明天到了開封府，包公不收留我們，這才是重要的事咧！」

「什麼？你們要去開封府？正好，我也要回開封府，不如我幫你們向包公引荐一下吧！」公孫策高興的對四人說。

雙方交談之下，公孫策才知道，原來他們四人是土龍崗的王朝、馬漢、張龍、趙虎。四人聽說包公做了府尹，所以決定棄暗投明，來投效包公的。

四人又問公孫策這次出來是爲了什麼事情？公孫策回答：「現在開封府有一件疑案，我是私下易裝訪查的。沒想到在這裡遇見了四位，眞是三生有幸啊！」

大家又叫了些酒菜，熱熱鬧鬧的聊了一會兒，才回房就寢。

第二天凌晨，天還沒亮，大家就起床了，準備趕路回開封府。這時，天頂還是月色，大夥兒走著走著，經過了一片樹林子，看到一間廟宇。

猛然間，在月光下，看到了一個紅衣女子在牆邊一晃，然後閃身進入了廟中。

「奇怪！這個時候，一個女子到廟中去做什麼？一定不是好事。」大家心中都覺得非常納悶，因此決定進廟中去瞧瞧。

衆人在廟前樹下停了下來，張龍、趙虎、王朝、馬漢和公孫策五人，直奔廟門。

到了門前，趁著月光，大家看到匾額上寫著「鐵仙觀」三個字。公孫策是個細心的人，他說：「剛才那個女子明明一閃就進去了，好像也沒有聽到她關門上閂子的聲音，爲什麼現在門是關著的呢？」

大家覺得很有道理，趙虎就上前掄起拳頭，在門上「砰！砰！砰！」的三拳，還喊道：「道爺開門來。」然後又是「砰！砰！砰！」三聲。

這時裡面傳來了聲音：「三更半夜的，是誰在外面敲門？」然後，「嘩啦」一聲，門開了，一位道人站在門後。

觀：念ㄍㄨㄢˋ，是道教的廟宇。

公孫策趕快上前一拜，說：「對不起，驚動了閣下，我們因爲在趕路，忽然覺得口渴，想借你們這兒休息一下，喝點茶水。我們一定會奉上茶資的，希望你們能給我們一個方便。」

道人聽了，便說：「好！等我去向道長報告後，再請你們進來。」

正說著的時候，裡面走出了一個濃眉大眼，肩寬腰粗，一臉橫肉的道士，說道：「既然你們要喝茶，就進來吧！」大家一擁而入。

到了大殿，只見燈火輝煌，大家坐定了之後，仔細的看了這個道士，發現他長像凶惡，而且還酒氣噴人，心中都覺得，他一定不是個善類。

喝了一會兒茶水之後，張龍對趙虎說：「我們出去找一找剛才看到的那個紅衣女子吧！」

趙虎說：「好！趁著道士不在大殿，我們就趕快去找吧！」

兩人一邊走，一邊四下觀察，小心的走到了後院，只見地上扣了一只大鐘，張龍和趙虎走到鐘旁一聽。「哎喲！哎喲！」鐘裡隱隱約約傳來呻吟的聲音。

趙虎說：「原來紅衣女子被關在這鐘裡面。」張龍說：「我來掀鐘，你去把人救出來。」

「哎——喲——」張龍和趙虎二人合力把鐘裡的人拉出來，一看，原來是個老人，不是那紅衣女子。

這個老人全身被綁了起來，嘴裡還塞滿了棉花。張龍趕快幫他鬆綁，趙虎也把他嘴裡的棉花掏出來。老人乾嘔了半天，又喘了幾口大氣，說：「唉！眞是要命啊！」

張龍忙問老人：「你是誰呀？爲什麼會被扣在鐘底下呢？」

老頭「咳！」的一聲，嘆了一口氣說：「我姓田，單名忠，是陳州地方的人，因爲龐太師的兒子安樂侯龐昱，奉旨來陳州賑濟救災。

沒想到，龐昱到了陳州，非但沒有放賑給災民，反而每天吃喝玩樂，還拿公款蓋了一座花園，又去搶人家的婦女，眞是作惡多端。

我是田家的僕人，我的主人叫田起元，主母叫金玉仙，因爲主人的媽媽生病，媳婦金氏就去廟裡拜拜，祈求婆婆的病趕快好，後來老太太的病好了，金氏又去廟裡還願。

賑濟：政府發放米糧，救濟地方災民。

沒想到她還願的時候，被安樂侯龐昱看到了，硬是給搶了去，還把我的主人給關了起來。

我家老太太一聽到這個不幸的消息，活生生的就嚇死了，還是我幫著料理後事的。後來我越想越氣，怎能如此無法無天呢？我一定要上京去控告龐昱不可。

所以我一直趕路，一直趕路，沒想到錯過了住宿的地方。三更半夜的，只看到這間廟，只好進來投宿。結果，這裡的道人，看到我行李很多，以爲我很有錢，就把我捆綁了起來。

他正準備要殺我的時候，忽然聽到外面有敲門的聲音，情急之下，便將我扣在這個大鐘底下。咳！差點兒把我給悶死了，還好你們來，救了我一命，否則，我可眞的要嗚呼哀哉囉！」

正在說話的當兒，忽然有人在探頭探腦，趙虎連忙一個飛腿，把這人給踢翻在地上，仔細一看，原來他就是剛剛殿上面容凶惡的那個道人。

這個道人其實叫做蕭道智，本來在殿上張羅茶水，忽然覺得少了兩個人，心知不妙，立刻回到自己房內，換下道衣，提了一把長刀，直奔後院而來。

蕭道智一到了後院，就看到原本扣在鐘底下的老人，被張龍和趙虎給放了，不由得心中一陣火大，拿著刀就要砍張龍。

張龍眼明手快，斜斜一踢腿，道人一閃而過，但他立刻跳起，又是一刀砍下來。

張龍手無寸鐵，全靠一身靈巧的步法，頭一偏，腿一踢，手一掌，但是只能守，不能攻，情況非常的危急，眼看就要被道人砍中了。

正在危急的時候，王朝聽到後院有乒乒乓乓的聲音，立刻趕來支援，馬漢也隨後來了。一陣唏哩嘩啦之後，道人終於不敵四個人的武功，不但刀被打在地上，人也被四人架住，並被捆綁起來。

四個人前前後後的找了一遍，什麼人也沒有，只在一間菩薩殿裡，看到一尊佛像，身披紅袍，面容慈祥。大家終於明白，紅衣女子原來是菩薩的化身，是引他們四人前來搭救田忠的。可見好人有好報，惡人終於遭到報應。

此時也天亮了，大家把蕭道智送去了縣府，讓他接受了該有的懲罰。然後大家繼續趕路回開封府。

回到了開封府，公孫策把王朝、馬漢、張龍、趙虎四人引薦給包公後，又繼續背起了藥箱子，報告包公，他要繼續去訪查劉氏案情。

公孫策離開了開封府後，又回到七里村明察暗訪。走著走著，公孫策忽然想到，只是這麼走呀走的，誰知道他是個大夫呢？

於是公孫策趕忙搖起鈴兒，口中念道：「有病快來治，千萬莫拖延；養病如養虎，越大越痛苦。……凡是疑難雜症，統統藥到病除，窮人不收錢。」

正在念著的時候，正好有一個老太婆，站在家門口，向公孫策招手。公孫策走向前去，問老太婆：

「妳有什麼病要治嗎？」

老太婆說：「不是我，是我媳婦，她不舒服，請您給看一看吧！」

搖起鈴兒：古代有一種醫生，是在外面行走行醫的，手中一邊走，一邊搖鈴，告知百姓「醫生來了」，也有人叫他們江湖郎中。

養病如養虎：養老虎會越養越大，如果有病不醫，也會越來越嚴重。

公孫策跟著老太婆進入了她身後的那間柴房，老太婆請公孫策在炕上坐下，開口說道：

「我姓尤，丈夫早已去世，有個兒子名叫狗兒，在陳大户陳應杰家裡做長工。至於我的媳婦病了半個月，精神一直不好，食慾也欠佳，下午還會發燒，求求先生您幫她看一看吧！」

說著，便起身往房間走，一路喊著：「媳婦，我給妳請了大夫來了。」

只聽見房內的媳婦回道：「母親，不看也罷，反正我也不是什麼要緊的病，家裡又沒有錢，我看算了吧！就別麻煩大夫了。」

這時，老太婆對媳婦說：「這位大夫說，家境不好的人，不收錢；而且養病如養虎，病拖久了，會很痛苦

長工：固定在有錢人家長期做工的人，通常訂有契約。

的呀！好孩子，妳就給大夫看看吧！妳早點好，我也放心，反正狗兒我是不指望他了！」

媳婦回答：「是。」

於是老太婆請公孫策進入房中，給她媳婦把脈診治。公孫策其實是懂醫理的，並不是冒牌的醫生，他給媳婦把了一會兒脈，心中已有了答案，站起了身，走出房間。

公孫策對老太婆尤氏說：「依我看，令媳是懷孕了，不過，由於她心中有煩惱，氣都鬱積在心中，所以影響胎兒的發育。如果不治療，恐怕會有生命危險。」

老太婆說：「先生您眞是神醫呀！我媳婦的確是懷了孕，也的確心中有煩惱，所以得病至今。依您看，該如何治這個病呢？」

把脈：中醫診治疾病的時候，一定會用指頭輕按患者手腕內側的腕動脈，看脈搏跳動的強、弱、深、淺及頻率等來判斷病情。

公孫策說：「解鈴還需繫鈴人，我一定要先知道她煩惱什麼事情，才能對症下藥，把病治好。妳可以告訴我，妳媳婦究竟在煩惱什麼事情呢？」

尤氏聽了，嘆了一口大氣，然後慢慢說道：「是因爲我兒子狗兒，在陳大戶家做長工，平日嘛！大戶偶爾會拿一點小錢給我那狗兒；但是那天，狗兒忽然帶了兩個金元寶回來，就是這兩個金元寶，讓我們……」

「娘，您就別說了吧！」房内媳婦打斷了婆婆的話。

「不行，不行，」公孫策說：「用藥必須明說事由，否則就無效，也治不好病了。」

尤氏對房内說：「孩子，這是爲了妳好，就讓我說吧！」於是尤氏繼續對公孫策陳述事實經過：「我看見狗兒帶了兩個金元寶回來，心中當然起疑。無功不受祿呀！人家爲什麼要給這麼多錢？一定有問題。

我問狗兒，陳大户爲什麼這麼大方，給了兩個金元寶？狗兒說，因爲陳大户和七里村的張有道太太交情很好，不比尋常。有一天，陳大户到張家去，碰巧遇見張有道，陳大户覺得張有道很礙眼，於是打算害死張有道，便給了狗兒兩個金元寶。」

「娘，眞的不要再說了吧！說出來，眞是見不得人呀！多丢臉的一件事。」媳婦又在房裡阻止。

「妳就不要打岔了吧！」尤氏繼續說道：「陳大户給金元寶的目的，是要狗兒去幫他找什麼東西，反正有問題就對了。

我媳婦勸他不要因爲貪財，而做了傷天害理的事情。但他不但不聽，還把跪在地上的媳婦給踹了幾腳，然後拿起金元寶就出門去了。

後來聽說張有道眞的死了，也不知道和狗兒有沒有關係。我媳婦自從被狗兒踹了幾腳後，一直鬱悶至今，這就是得病的緣由。」

公孫策聽完，心中有了譜，先提筆開了一個藥方子給尤氏的媳婦治病，然後又對尤氏說：「妳兒子幫陳大户做了這麼大一件事，只兩個金元寶就把他打發啦！沒有更大的謝禮嗎？」

公孫策會這麼問，是因爲他想：此案眞相大白之後，狗兒必定會判死刑，以後這孤兒寡母該靠什麼生活？如果能幫她們弄點生活費，豈不更好，所以才試著有此一問。

尤氏說：「有哇！陳大户說要給我兒子六畝田哩！」

公孫策問尤氏：「這六畝田只是說說嗎？有沒有正式的字據？」

尤氏回答：「哪有什麼字據呀！我看，說不定他不會給喲！」

公孫策大叫：「那怎麼成？幫他辦事，他要給六畝田，這麼大的事情，沒有個字據怎麼行？將來妳們還需要生活費哩！我看這樣吧！我來幫妳們寫一張，到時候再憑著這一張去向他要地。」

鄉下人眞是好哄，立刻眉開眼笑的說：「那眞是謝謝先生您了。但是我不會寫字，家中也沒有紙筆……」

公孫策說：「別忙！我有。」於是打開藥箱，拿出

字據：即借據，債權人（債主）可以憑此向債務人（欠債的人）索取所欠的錢。

一張大紙，正正式式的寫了一張「字據」，還簽了陳大户的名字，並蓋了指印。交給尤氏。

尤氏說：「眞是太謝謝先生您了，哎！對了！先生來了這麼久，連杯水也沒喝，眞是對不住！我現在就給您倒杯水……」

「不用啦！」公孫策把藥箱整理好，「我打算回去了，妳趕緊去給妳媳婦抓藥吧！」說完，就走出了柴房，直奔開封府。

回到開封府後，把前前後後遇到的事，仔細的和包公說了一遍，包公心中暗想：「這人果然有一套，我沒有看錯人。」於是立刻發出拘捕令，捉拿狗兒到案。

狗兒帶到之後，包公立刻升堂，開始審問狗兒。

「尤狗兒，你牽涉一件命案。七里村張有道的冤魂來向我告冤，說你和陳大户二人，合計將他害死。不過，你只是從犯，眞正的主謀是陳大户。雖然你已經收了陳大户兩個金元寶，但是沒有關係，只要你從實招來，我會想辦法給你作主。」

狗兒一想到冤魂竟然來告狀，心中非常害怕，又聽包公說，主謀是陳大户，心中稍稍盤算了一下，就說出了實情：

「因我的主人與張有道妻子有關係，那一天被張有道撞見了，主人就跑回來告訴我，打算把張有道害死。方法是叫我去尋找一種小蟲，這種蟲叫屍龜，有金色的頭，尾端發亮，可是一定要在墳墓裡才找得到。

我覺得很爲難，不想去找，主人就給我兩個金元寶，還說，事成之後，要給我六畝田，並叫我白天不要工作，好好休息、睡覺，晚上再去墳地裡找。

既然是主人的命令，我也不能不聽，只好照辦。因此我天天夜裡出去找，一直找到第十七個墳，才找到這一種叫做屍龜的小蟲，曬乾了，磨成粉，叫劉氏混在給張有道吃的菜飯裡。

聽說這種東西有劇毒，人吃了一定會死，不明就裡的人會以爲是心疼病死的，因爲外觀無傷痕。不過，在兩眉之間，會有一個紅點，這是唯一的特徵。

後來張有道死了，大概就是吃了這個毒而死的吧！」狗兒並向包公求情：「我都說完了，事情就是這樣，求大人給我作主。」

包公聽完狗兒的陳述，立刻又發出拘捕令，捉拿陳大戶陳應杰。另外又傳張有道之妻劉氏和尤氏婆媳。

劉氏將一種叫屍龜的小蟲磨成粉，讓張有道吃了心疼而死。

陳大戶帶到，包公問道：「陳應杰，你害死了張有道，我都知道了，你就從實招來吧！」

陳大戶做了虧心事，嚇得衣袖亂抖，但是嘴巴上還不承認：「沒……沒有……的事，老……老爺……」

包公把驚堂木一拍，說：「大膽陳應杰，尤狗兒統統都說了，你們兩個現在就給我對質。」

陳大戶聽說狗兒已經承認了，仍然顫抖的說：「我……我和劉氏好是事實，但……但是我沒有害……害死張有道，這全是狗……狗兒亂說……的。」

包公大怒，吩咐左右：「準備大刑伺候。」左右立刻拿來刑具。

陳大戶一看，嚇得膽裂魂飛，連忙說：「我願意招了。」於是立刻將事件陳述了一遍。這時，衙役傳道：

「劉氏與尤氏婆媳帶到。」

包公吩咐，先帶上劉氏。

劉氏因上回自以爲取得了包公的信任，此番再來，仍然是不疾不徐，面露笑容，一搖一擺的走進公堂。

但是上得堂來，劉氏一看到陳大户跪在地上，心中一慌，神色大變，也跟著「噗通」一聲，跪在地上。

包公卻不問劉氏，只對陳大户說：「你自己和她說吧！」

陳大户哭著對劉氏說：「妳我之間的事，本來以爲不會有別人知道。誰知張有道的冤魂，告到了老爺台前。如今事已敗露，不能不招，我已經統統都說了，妳也招了吧！免得用刑痛苦。」

劉氏一聽陳大户竟然招了，氣得不得了，破口對陳大戶大罵：「你這個膿包，眞是一點能耐也沒有，唉！既然事已至此，我也沒有辦法。」於是又向包公叩頭道：

「陳大戶說的都是事實，我的確是謀殺親夫。另外，我上次說的張致仁調戲我那件事，也是我捏造的，完全沒有這件事。」

包公傳令帶上尤氏婆媳，尤氏向包公哭訴：「陳大戶說要給我們幾畝田地，到現在也沒給，我這裡有一張字據，希望老爺命令陳大戶趕快把田地給我們。」說著，把字據呈給了包公看。

包公一看，心中暗笑，這明明是公孫策的筆跡嘛！顯然這是公孫策在暗中幫尤氏婆媳的忙。

包公對陳大戶說：「你說話不算話，爲什麼不把田地給狗兒家？」

陳大户無可奈何，本來他就是答應了要給狗兒家六畝田地的呀！只好說：「好吧！就給他吧！」

包公寫了命令，交給屬下去辦理土地轉移的事。另外，陳大户、劉氏與狗兒三人，都被判處死刑。天理昭彰，作惡的人終逃不過法律的制裁。

第四回　設計御鍘斬龐昱

包公在書房擬了一個準備上奏皇上的摺子草稿，然後叫公孫策再謄一遍。公孫策才剛寫完，包興就進來了，手中拿著一張紙，對公孫策說：

「老爺說，把這張紙夾在摺子裡，明天隨著摺子一起上奏給皇上。」

公孫策接過來一看，心中大喊：「不妙！」原來這是一張抗議皇上用人不當的信，滿紙頂撞用語。

但是包公已經寫好了，又叫包興拿來夾在奏摺裡

摺子：即奏摺，皇帝上朝的時候，文武官員向皇上報告的事項，都會先寫在一本有幾個摺頁的厚紙上。

面，公孫策怎能不照辦呢？「唉！大不了辭了官，不做總可以吧！運氣不好的時候，城牆都擋不住。」公孫策自怨自嘆的說。

第二天，包公上了朝，把摺子呈給皇上看，皇上起先看到滿紙的抗議言語，心中當然不高興，但是轉而一想：「嗯！只有眞正忠心耿耿的人，才會這麼勇於進諫吧！包公眞是個忠心爲國的人。」

於是皇上立刻召見包公，問明陳州放賑的詳情，並封包公爲「龍圖閣大學士」，請他去陳州督導放賑的情形。

雖然被皇上封爲「龍圖閣大學士」，包公仍然覺得不能服衆，於是便向皇上跪奏，說道：「臣無權柄，不能服衆，恐怕難以達成皇上重託。」

大學士：皇帝賜給有學問人的一種榮譽頭銜，類似現在的中央研究院院士。

皇上對包公說：「那麼我就賜給你御札三道，看誰敢不服你？」

包公謝過皇上，領了聖旨，便出廷回開封府。

至於公孫策這邊，自從包公上了朝後，心中便像吊了十五個水桶般，七上八下的，坐立不安。直到包興進了門，向大家宣布喜訊：「聖上封老爺爲龍圖閣大學士了，還派老爺去陳州查賑呢！」

「眞的？」公孫策眞是喜出望外，心中的憂慮頓時一掃而空了。

沒多久，包公也回來了，大家賀喜過後，包公對公孫策說：「聖上賜給我御札三道，請先生幫我想想，要怎麼個弄法，可別大意了，以免辜負了聖上的美意。」說完，便進去休息了。

御札：皇帝親筆寫的手諭。

這下子，輪到公孫策傻眼了。公孫策回到自己的房間，左思，右想，東揣摩，西忖度，想了不下半個時辰，猛然醒悟，拍桌道：「我知道了，這是下逐客令嘛！什麼御札三道，我怎麼知道什麼是御札三道？明明是想叫我走路，但是又對推薦我的了然和尚不好意思，才出這道難題給我的。

好吧！既然如此，我就來個將計就計。一來可以顯一顯我胸中的抱負，二來也試一試老爺的膽量，看他敢不敢眞的照我的方法做。反正我也是去一去心中的火嘛！做了再說。」

公孫策於是研墨蘸筆，開始畫設計圖，他先把「札」字改成「鍘」字，又把「道」字改爲「刀」字，這樣一來，「御札三道」成了「御鍘三刀」，這意義可

鍘：處決罪犯的工具，作用是切下人頭。

就完全不同了呀！

公孫策畫了三把鍘刀，分成上、中、下三品，名稱各訂爲「龍」、「虎」、「狗」，還畫了龍頭、虎頭和狗頭的樣式，三把有著動物圖案的鍘刀出爐了！

三把鍘刀畫好了之後，公孫策把設計圖送到包公書房給包公看。包公一看，心中大喜，忙道：「先生您眞是一位天才呀！」

包公立刻叫包興請木匠來，連夜做出了龍頭鍘、虎頭鍘、狗頭鍘的模型，準備一早呈給皇上。

公孫策本想告訴包公這只是他畫著玩的，但是看到包公這麼認眞，話到了嘴邊，又嚥了回去，只好跟著包興和木匠討論怎麼釘釘子，哪裡安鬼王頭，式樣也略微修改了一下。

包公府裡鬧烘烘了一整夜，直到早上，三口鍘刀才完成。包公吩咐屬下用黃箱子裝好，一併抬到朝廷，給皇上欣賞。

包公向皇上上奏：「臣包拯昨天承蒙聖恩，賜下御鍘三刀，臣謹遵旨，已擬好式樣，但不敢擅自使用，所以今日先呈給聖上過目。」

說完，打開黃箱子，取出三口鍘刀，又說：「如果有人犯法，就依上、中、下品階級各處以龍頭鍘、虎頭鍘和狗頭鍘三種極刑。」

聖上心裡有數，原來包公把「札」改成「鍘」，把「道」改成「刀」，是要做這三口鍘刀呀！「嗯！不錯，不錯。」聖上心中暗自佩服包公。

「好，好，好，准你使用。」皇上對包公說：「就照你説的去做吧！」

包公謝過皇上，高興的離開朝廷，心想：「皇上眞是一個明理的人，今後我可以一展所長，爲民鋤奸了，這是多麼快意的一件事啊！」

另一方面，陳州那邊，因爲龐太師的兒子龐昱，也就是安樂侯，原本是奉旨前來陳州，放賑救濟災民，不料卻仗恃著自己是太師的兒子，不但沒有把錢拿出救災，反而把百姓中的年輕男子，挑去建花園，年輕女子則美貌的作爲姬妾，平庸的用作奴役。

常州府武進縣的南俠展昭，自從在土龍崗和包公分手之後，便一個人獨自遊山玩水，順便打抱不平，管一管閒事。

展昭在路上走著走著，路過一座墳，看見有一個老太婆正跪在墳前哭，很傷心的樣子。

展昭就停下腳步，問這位老太婆：「大娘，您家裡發生了什麼不幸嗎？」

老太婆說：「唉！我的家庭原本和樂幸福，如今，只剩我一個孤老太婆了。怎麼不叫我傷心哪！」

「沒關係，您告訴我，看看我能幫您什麼忙。」展昭義不容辭的說。

「是這樣的，我姓楊，是田忠之妻，我家主人田起元的妻子金玉仙被安樂侯龐昱搶了去，主人也被陷害，關進大牢，老太太，也就是主人的母親，也被嚇死了。我的丈夫田忠上京控告安樂侯，如今音訊全無，叫我怎麼辦是好哇！」說完，老太婆又放聲大哭了起來。

展昭立刻從袖中拿出白銀十兩，遞給老太婆，並對她說：「這些錢，您先拿去用，我去處理這件事。」說完，就直奔陳州安樂侯龐昱住的花園。

展昭到了陳州龐昱的花園後，先在附近租了一間房子，晚上，就出來勘察地形。二更時分，展昭換上了夜行的輕便衣褲，靜悄悄的推開門，飛上房，一直走到花園裡。

展昭從他的百寶袋中掏出了一條布，勾在牆頭，又取出一塊石頭丟入牆內，然後側耳傾聽，看看裡面有沒有什麼動靜，如果是水溝或是實地，一聽就知道，這就是「投石問路」。

「嗯！沒人。」展昭一翻身，躍進了牆內，然後躡手躡腳的往有燈光的房間走去。

這時，展昭忽然看到龐昱叫婢女提著燈，自己賊頭賊腦的往麗芳樓走去。

展昭心知不妙，便趕緊抄了近路，自己先到了麗芳樓，躲在簾子後面。這時，展昭聽到一群姬妾正在勸金玉仙順從龐昱，但是金玉仙一直哭說不願意。

這時龐昱進來了，笑容滿面的對金玉仙說：「我這裡有一杯酒，妳就先喝了吧！喝完我放妳回去。」

只見金玉仙一把搶過酒杯，「砰」的一聲把酒杯丟在地上，龐昱正要大怒，忽然有人敲門。

婢女進來通報：「太守蔣完有急事求見，現在正在堂上等您。」

龐昱心想，太守半夜求見，一定是有十萬火急的事情，於是立刻來到堂上。見到蔣完，問他：「你三更半夜來找我，究竟是什麼重要的事？」

蔣完對龐昱參拜一番，忙說：「我今天早上接到公文，皇上特派龍圖閣大學士包公前來陳州查賑。算一算時間，五天之內就會到，我趕快來通知侯爺您，好請您及早防範。」

一路跟隨而來的展昭，此時亦躲在暗處，心想：「怪不得蔣完半夜求見，原來是來通風報信的呀！」

「哼！」龐昱一點兒也不怕，說道：「那個包黑子，是我爸爸的學生，我諒他不敢拿我怎麼樣。」

「那可不一定喔！」蔣完提醒龐昱：「我聽說包公秉公無私，還蒙聖上賜了御鍘三口，很可怕的喲！」停了一會兒，蔣完又小聲的對龐昱說：「侯爺您做的這些事，恐怕包公都已經知道了。」

「嘎！會嗎？」龐昱心裡有些發毛，不禁低頭沈

包黑子：因為包公臉很黑，所以不服他的人就叫他包黑子。

思，一會兒之後，抬頭對蔣完太守說：

「這有什麼好擔心的？我手下有一名勇士，名叫項福，他有飛簷走壁的本事。我看，乾脆叫他去刺殺包公好了，這不就解決了嗎？」

「太好了！」蔣太守贊成說：「此事宜速戰速決，以免夜長夢多。」

龐昱立刻叫人去把項福找來，沒多久，項福來到。龐昱小聲的吩咐了項福，如何如何去行刺包公。

「原來龐昱要找項福去行刺包大人，」展昭在窗外聽得一清二楚，心想：「我得仔細瞧瞧項福長得是什麼模樣，好想個辦法來阻止這件事情。」

展昭偷偷伸著頭，往屋裡看，項福果然是一個身體很壯的人。這時，聽到龐昱在問項福：

「你到底敢不敢去行刺呀？」

項福回答：「我受了大人的恩惠，就是赴湯蹈火，也是心甘情願的。」

龐昱放心的對蔣完說：「太守，你就把他帶下去，見機行事吧！記得，要小心，同時要保密，知道嗎？」蔣完連忙點頭，說：「一定，一定。」然後，就帶著項福，一前一後的出去了。

展昭也跟在他二人後面，準備跟蹤他們。這時，忽然聽到項福說：「太守，我的帽子掉了，等我一下，我要撿帽子。」

太守停下腳步，回頭看項福，正奇怪：「爲什麼你的帽子會滾得那麼遠呢？」

項福說，「大概是我剛剛從樹底下走過，被樹枝刮的吧？」

沒走幾步，怪哉，項福的帽子又滾掉了。項福回頭看一看，沒有人，太守也覺得莫名其妙。

原來，這是展昭試探項福的小伎倆，他是要看看項福這個人，警覺性高不高，故意輕聲在項福身後，用根棍子把項福的帽子挑掉，然後躲起來。

當然，展昭的身手很俐落，是不會被項福發現的，不過項福這個人，也是太大意了，帽子一連滾了兩次，都沒有懷疑是否被人跟蹤。

展昭看項福這個人，也不怎麼樣，於是就不把他放在心上了，自己一個人慢慢走回住的地方。這時，已是五更天，展昭換下夜行裝，倒頭便睡著了。

第二天，展昭前往太守的衙門，打算探一探動靜。

五更天：指凌晨三點到五點。

展昭看到門前有一匹馬，馬背上繫著一個小包袱，有個人正拿著鞭子坐在地上，像是在等人。展昭知道，項福還沒有出門。

一會兒的工夫，項福出來了，騎上馬，匆匆的走了。展昭急忙跟了上去。走著走著，項福停了下來，下了馬，走進路旁一家酒樓，展昭也跟了進去。

項福揀了南面的一個座位坐下，點了一些酒菜，展昭則挑了北面的一個座位坐下，也點了酒菜，遠遠的看著項福。

展昭喝了幾杯之後，觀望一下四周，只見西面的一個座位上，坐著一位老者，好像是地方上有頭有臉的人物。

這時，有一位武生打扮，眉清目秀的人進了酒樓來。展昭心想：「想必是位俠士。」

忽然項福站起身來，向俠士打招呼：「白兄，久違了。近來可好？」展昭仔細一聽他二人之談話，原來這位俠士是陷空島的五義士之一，叫做白玉堂。

只見白玉堂和項福寒暄幾句，便坐了下來。展昭心裡想：「眞是可惜，這麼一位相貌堂堂的俠士，竟然認識項福這種人。」

展昭這口氣還沒嘆完，又見一位穿著襤褸，乾乾瘦瘦的老頭子進了酒樓來。瘦老頭走到了原先那位老者前面，「撲通！」一聲跪了下來，口中並苦苦哀求著，只見老者寒著臉，不理會瘦老頭的哀求。

這時，白玉堂出面打抱不平了。白玉堂走到他二人面前，對著瘦老頭說：「怎麼回事，可不可以告訴我呢？或許我幫得上忙。」

跪在地上的瘦老頭連忙對白玉堂說：「公子，您有所不知，我是欠了這位員外的債，還不起，員外要我把小女兒給他抵債，我怎麼捨得，我現在就是在求員外不要來帶走我的小女兒。」

「你到底欠了他多少錢？」白玉堂瞅了那位員外一眼，問瘦老頭。

「本來我只欠他紋銀五兩，三年來，利息三十兩，一共是三十五兩。」瘦老頭難過的說。

「什麼？簡直是高利貸嘛！」白玉堂生氣的說：「沒關係，紋銀三十五兩我幫你還了。」說完，立刻掏出三十五兩銀子，要還給員外。

白玉堂問員外：「有借據嗎？」

「有！有！」員外一聽有人要幫瘦老頭還錢，立刻眉開眼笑，從口袋中拿出了借據。

白玉堂還了銀子，員外則把借據給了白玉堂。

白玉堂對員外說：「一手還錢，一手還借據，如今互不相欠了，是吧？」

「是！是！是！」員外笑嘻嘻的說：「不欠了！不欠了！」

白玉堂轉身對瘦老頭說：「借據你收著，以後像這麼高的利息，可別再借了。」

瘦老頭感激涕零的對白玉堂說：「知道了！」說完又要下跪。

白玉堂立刻攙起瘦老頭對他說：「你趕快回家吧！」瘦老頭千恩萬謝的走了。

瘦老頭經過展昭桌前，展昭請瘦老頭留步，問他：「咱們一塊聊聊吧！」瘦老頭坐下。

展昭一邊和瘦老頭喝酒，一邊問他：「借錢給你的那個員外叫什麼名字呀？住在哪裡？」

瘦老頭回答展昭：「他叫苗秀，住在苗家集，只因為他的兒子苗恆義在太守的衙門裡幹了一個差事，便驕傲得不得了。平日他父子二人都是仗著太守的勢力欺負我們這些小老百姓，我們都敢怒而不敢言。」

這邊展昭和瘦老頭聊了起來，那邊白玉堂和項福也聊得起勁。只聽得項福對白玉堂說：「我現在在龐太師的公子安樂候龐昱那兒工作。」說完，還露出得意的表情。

「什麼？你在幫龐昱做事？」白玉堂很不高興，立

太守：好幾個縣為一個州，州的行政長官叫太守。

刻起身付帳，準備離去。

「嗯！白俠士還眞是位明辨是非的人。好！」展昭心中不由得對白玉堂產生了欽佩之心。

「對了！我乾脆去苗家集看看好了。」展昭覺得苗氏父子不是簡單的人物，決定去一探究竟。

入夜之後，展昭換上了輕便的衣裝，潛入了苗家集，來到苗氏父子的家。展昭看到大廳燈火明亮，便趴在窗戶外傾聽裡面的人談話。

只聽到苗恆義對爸爸苗秀說：「您看！我馬上就是這三百兩銀子的主人了！」

苗秀驚訝的說：「你哪弄來這麼多銀子呀？」

苗恆義得意的說：「龐昱爲了躲避包公的盤查，打算化裝打扮，從東臯林悄悄入京，躲在他父親龐太師的庵：尼姑住的地方。

府中避風頭。另外，搶來的女子金玉仙，則由觀音庵送上船，偷偷送進京中的太師府。」

「那麼，爲什麼會有銀子呢？」苗秀著急的問。

「別急嘛！爸爸。」苗恆義得意揚揚的說：

「龐昱要給太守銀子，太守不敢要，回去後，龐昱立刻拿了這三百兩銀子給我，叫我辦好這些事。

我心想，侯爺做的，全是見不得人的事，這三百兩銀子反正也是他不光明得來的，我就來個黑吃黑，到時候，他也不敢向我要，只有自認倒楣的分。」

展昭聽到這裡，不禁暗笑，想到：「壞人也會被壞人坑呀！眞有意思。」

展昭決定還是先去包公那兒通報消息要緊，於是離開了苗家集，趕往包公下榻的三星鎭。

三星鎮這邊，夜裡，包公正在睡覺，包興怎麼也睡不著，走到包公的房間，這時，已是四更天。

包興忽然看見房裡的桌上，擺了一張字條兒。不禁大叫：「這是什麼東西？」

包公被吵醒了，起身一看字條：忙叫：「去請公孫先生來看。」

公孫先生立刻來了，看過字條，念道：「明日天昌鎮謹防刺客，請派兩路人馬，一往東皋林捉拿龐昱，一往觀音庵救貞烈婦人，十萬火急，切記！」旁邊還有一行小字，是「貞烈婦人名金玉仙」。

原來這是展昭爲了趕在包公抵達天昌鎮之前，先行做的「通報」。包公當然不知道是展昭寫的，只是說：「明天到了天昌鎮，就依字條行事吧！」

第二天，包公一行人到了天昌鎮，住進了公館。包公命手下把公館仔細檢查一遍，並叫王朝、馬漢、張龍、趙虎四個人嚴加把守，以免刺客行刺。

到了半夜，三更時分，趙虎正在院子裡巡邏，走到了一棵大榆樹下，一抬頭，看見樹上有人，便忙喊：「有人！」

王朝、馬漢、張龍三個人立刻趕來，巡更的人也舉起了燈，往榆樹上照去。

那個人知道曝了光，立刻縱身一跳，跳到了瓦房上，開始在瓦房上行走。但是，他的技術實在是太差了，竟然不小心從瓦房上跌了下來。

衆人一擁而上，拔刀的拔刀，細綁的細綁，大家推推擠擠，把刺客推到了包公的面前。

包公看到了五花大綁的刺客，就對公孫策說：「先生你把他鬆了綁吧！他看起來不像是個刺客，倒像是個勇士。」

公孫策知道包公是故意說的，就假裝吃驚的說：「這怎麼可以呢？他是來行刺包大人您的呀！」

包公笑著說：「我看這位先生是個勇士，我很欣賞他。何況我和他無冤無仇，他若眞是要行刺我，一定是受了小人的煽惑。趕快把他放了吧！」

公孫策趕快對那人說：「你看，包大人是多麼的大恩大德，你拿什麼回報哇？」說完，吩咐張龍、趙虎二人替刺客鬆了綁。

這時，王朝看到刺客腿上中了一支箭，趕快把它拔出，又上了藥，才安頓他坐好。

刺客看到包公對他這麼好，不由得良心發現，立刻雙膝跪地，對包公說：「小人冒犯了大人您，眞是該死呀！」

包公忙說：「壯士請起，有話好説嘛！不用見外。」又問：「你尊姓大名？是何人命你來的呢？」

刺客恭謹的回答：「小人叫做項福，是龐昱叫我來的。不過，我現在看到您這麼寬厚，我知道我錯了，我眞是羞愧呀！」

包公笑笑說：「這不怪你，不是你的錯。現在只希望你做一件事，就是將來我和安樂侯龐昱面對面的時候，你能當面證明，如此才不失我與龐昱父親太師的師生情誼。」

項福連忙點頭說：「應該的！應該的！」

包公吩咐公孫策，好好給項福調養箭傷，另外也吩咐王朝，叫他暗地裡觀察項福。

這時，王朝把箭呈給包大人看，說：「這支箭我看過了，是南俠展昭之箭。」

包公聽了，恍然大悟：「原來是展義士在暗中幫助我呀！在三星鎮留下的字條，想必也是展義士寫的。」包公心中充滿了感激。

另外，公孫先生亦吩咐了兩路人馬，先叫馬漢帶領手下去觀音庵搭救金玉仙，再叫張龍、趙虎前往東皋林捉拿龐昱。

馬漢到了觀音庵，發現南俠展昭已到，原來展義士已經救出了金玉仙，並安頓在觀音庵內。田忠之妻楊氏和金玉仙主僕重逢，抱頭痛哭。

再說張龍、趙虎二人到了東皋林，正奇怪怎麼沒有動靜時，忽見遠方有一隊人馬來到，二人立刻躲在樹後，等人馬靠近，趙虎忽然衝出，假裝被馬絆倒，這時張龍從樹後衝出來，對著馬上的人大叫：「出人命了！你們撞死人了！」然後衝過去，把龐昱的馬環揪住，眾差役也一擁而上。

這一路人馬看見有人攔劫，發出狠話：「你們這些大膽的人，竟敢擋住侯爺。」

張龍說：「我管你什麼侯爺不侯爺，你們撞到人了，就要負責。」

馬上的人說：「誰敢撒野，這是安樂侯，是太師之子吔！他改扮行裝私訪，你們竟敢阻路。」

趙虎本來「倒」在地上，一聽這就是安樂侯，立刻

馬環：穿過馬的鼻孔中間軟骨的一個環，是固定馬伕手中的繩用的。繩和馬環都是馬伕操縱馬匹行走方向及速度所用。

咕嚕一聲爬起來，和張龍二人合力把龐昱拉下馬，龐昱的嘍囉們一看侯爺被擒了，也紛紛鳥獸散，逃之夭夭了，可見，都是烏合之衆。

不久之後，龐昱就被押解到了包公的公館。龐昱被帶到了堂上，包公看到龐昱頭上帶著鎖，忙叫旁人把鎖卸了。龐昱準備下跪，包公說：

「我是你父親的學生，不必多禮，因爲有個案子，要你當面對質，所以才找你來。」

龐昱心想，這包公看起來和顏悅色的，或許他看在我爸爸面子上，大概沒事吧！

於是龐昱對包公說：「大人，我一時糊塗，做錯了事，我很後悔，只求大人放我一條生路。」

包公對龐昱說：「你做的那些事，你知道錯啦？那麼項福又是怎麼一回事呢？你叫項福做了什麼事？」

龐昱一聽「項福」二字，絕口不承認，只說：「我不認識項福。」

包公吩咐手下，帶項福上來，包公對項福說：「你們兩人對質吧！」

項福上前對龐昱說：「侯爺就不必隱瞞了，我已經把一切都告訴了包大人，您只管實說，大人自會判斷。」龐昱無話可說，只有應罪、畫押。

口供畫押之後，只見堂上上來一大堆受過龐昱迫害之人，有父認女的，有兄認妹的，有夫妻相認的，也有婆媳相認的，堂上一片嚎哭之聲，悲慘極了！

包公對龐昱說：「你犯的罪，本應押送到京城去，但是由於路途遙遠，反而受折磨。如果聖上一生氣，可能罪更重，我看，就在這裡發放了罷！」

龐昱對包公說：「一切聽候大人作主，我絕無異議。」

「好吧！」包公把臉一沈，眼一瞪，吩咐：「請御刑。」

霎時，兩邊差役已將嶄新的龍頭鍘抬到了堂上。王朝上前，抖開黃龍套，露出金光閃閃的鍘刀。龐昱一看，立刻嚇得魂飛膽裂，雙腿軟在地上。

包公袍袖一拂，發令：「行刑。」龍頭鍘便斬了龐昱。

包公傳令緝捕太守蔣完，不料來人回報，蔣完由於畏罪，已在府內自縊身亡了。

包公只好說：「罷了！」

龐昱被壓上龍頭鍘處刑。

辦了正事，包公傳喚這些被害人上來，對他們說：「以後你們出門在外，一切要小心。」大家紛紛叩頭。

包公叫公孫策寫一本奏摺，把這些事都記錄下來，完整呈報聖上，另外也將該放的賑放了，萬民感仰，夾道歡呼。包公就離開了天昌鎮。

第五回　狸貓換太子

包公在天昌鎮處理完了放賑的事後，又繼續向前趕路，前往各地訪查民情。有一天，來到了一個地方，叫做草州橋東，包公的坐騎忽然不走了，怎麼趕牠，就是不走。

「莫非這裡有什麼冤屈之事？」包公心想。於是停住馬，叫包興把地方上主事的人找來。

不多時，一位年約三十歲的人來了，向包公叩頭。包公問他叫何姓名。來人答道：「小的叫范宗華。」

包公又問：「這裡有沒有什麼可以住的地方？」

范宗華回答：「沒有公館可住，只有一座天齊廟，可以歇一歇腳。」

「好吧！」包公說：「我們就在天齊廟住下吧！」說完，便前往天齊廟，一行人跟隨在後。

到了天齊廟，廟中的老道出來迎接包公等人。包公一行人在廟中安頓好了之後，包公把范宗華叫到旁邊，問他：

「你這個地方，有多少户人家？」

「回大人的話，」范宗華恭謹的回答：「小地方東面是榆樹林，西面是黃土崗，南方通大道，只有北邊的破窰，住了十幾户人家。」

「好吧！」包公吩咐范宗華：「你去破窰那裡放

窰：燒製磚瓦的地方，荒廢以後閒置，有時是窮人棲身之所。

放告：朝廷張貼的告示。

告，看看他們有沒有什麼冤屈要申訴。」

范宗華來到破窰地方，對著這十幾户人家喊道：「包大人今天來了，在天齊廟放告，什麼人有冤屈，儘快前往天齊廟申冤。如果沒有就算了，包大人明天可是就要走了。」

「等等，」從一户破茅草屋裡傳來了一個老太婆的聲音：「我有冤屈，你就帶我去吧！」

范宗華一看，是一位雙目失明，在這兒已經住了很多年的老婆婆，平日不怎麼與人打交道，怎麼今天忽然有了冤屈？

「好好好！我帶你去。」范宗華心想，應該不是什麼大不了的事，可是既然包大人問了有無冤屈，老婆婆說有，就帶她去吧！也算是幫她忙。

范宗華帶著老婆婆來到天齊廟，見到了包公。包公問老婆婆：

「妳有什麼冤屈？我一定替妳處理。」

老婆婆對老包說：

「你先叫左右迴避一下，我才告訴你。」

「好吧！」包公叫左右先退出去，只留包興一人在身旁，然後對老婆婆說：「是什麼事呢？」

老太婆看旁人都退下去了，不禁悲從中來，大喊一聲：

「哎呀！包卿，這些年可苦煞哀家了！」

光是這一句，可把包公黑黑的臉嚇得蠟黃，身旁的包興也嚇呆了。原來，「哀家」這兩個字可不是隨便說說的，是宮裡面的后、妃自稱的呀！

哀家：后妃的自稱。

老婆婆開始述說她這些年來的遭遇：

在許多年之前，眞宗皇帝有兩位貴妃，一位姓李，一位姓劉，兩位貴妃同時有了身孕。

在一個中秋夜，劉妃和李妃正陪著皇帝在花園賞月，由於兩位妃子都懷了孕，眞宗非常高興，想到不久自己就要做爸爸了，而且，擔心許久的皇位繼承，也有了人選，這怎麼不令人高興呢？

皇帝一高興，便趁著微微醉意，對兩位貴妃說：

「妳們誰先生了兒子，我就立她爲正宮娘娘。」

就是這句話，眞宗皇帝哪裡曉得，竟引起了多大的風波，恩恩怨怨糾纏了好多年呀！

由於牽涉到自己的孩子將來是否成爲太子，劉妃心中非常擔心，生怕李妃先生產，自己的希望不就落空了

貴妃：皇帝寵愛的妃子。

千歲：皇帝叫萬歲，王爺就叫千歲。王爺是和皇帝有血緣關係的男性平輩或長輩。

臨盆：古代孕婦生產，必須由產婆準備一盆熱水，好做爲清洗嬰兒之用，所以生產又叫臨盆。

嗎？於是劉妃暗中勾結了總管都堂郭槐，打算用計陷害李妃。郭槐找了一個守喜婆，也就是助產士——尤氏，要她想辦法來害李妃。

中秋過後，冬去春來，有一天，皇帝到玉辰宮去看李妃，忽然想起第二天是南清宮六合王——八千歲的生日。

皇帝派陳琳去果園採一些上好的果子，準備給八千歲祝壽，陳琳奉旨去了。陳琳剛出門，李妃忽然開始陣痛，原來是懷胎足月，要臨盆了。

皇上趕緊通知劉妃，帶守喜婆——尤氏來，準備接生。這時，總管都堂郭槐得到了消息，便告訴尤氏，叫她快快準備行動。

爲了陷害李妃生的是怪胎，劉妃找人弄了一隻死狸

狸貓：就是狸，和狐很像，但比狐小一點，身體肥而短，外形頗像貓。

貓來，剝去毛皮，看來血淋淋的，非常恐怖。狸貓裝在一個大盒子裡，由郭槐帶進玉辰宮。

當劉妃和郭槐來到玉辰宮後，李妃正在生產，剛生產完的李妃，身子很虛弱，而且昏昏沈沈的。劉妃看到房內亂烘烘的，就用死狸貓和新生的嬰兒互換，掉了包。再偷偷把嬰兒裝在籃子裡，夾帶回了自己住的金華宮裡。

劉妃對宮女寇珠說：「你去把這個小嬰兒丟到橋下，淹死他吧！」

寇珠當然知道，這個小嬰兒就是未來的太子，她心想：「叫我怎麼下得了手哇！這個小嬰兒是一條命哪！而且是太子呀！」但是主人有令，不敢不從，只好帶著裝了太子的藤籃，出了金華宮。

寇珠一邊走，一邊掉淚，不知怎麼辦才好，這時，忠臣陳琳正好走了過來，手中提著一盒剛採回來，要給八千歲祝壽的水果。

陳琳看寇珠的模樣，問明了原委，便一口承諾了留下太子，密送出宮的危險任務。

陳琳把太子裝在水果盒內，一路強作鎮定的往宮門走去。忽然，一隻手攔住了陳琳，陳琳一看，原來是郭槐。

郭槐問陳琳：「你盒子裡裝的是什麼東西？走，到劉娘娘那兒去。」

陳琳沒辦法，只好隨著郭槐來到了劉妃所住的金華宮。劉妃見陳琳提著一只盒子，上面竟然還有皇封，覺得很納悶，便仔細的盤問了陳琳。

陳琳很鎮定的回答劉妃：「這裡面是皇帝叫我去果園摘的水果，準備送給八千歲祝壽用的。由於是皇上送的，所以加上了皇封。」

劉妃用尖利的眼神盯著陳琳說：「眞的只有水果嗎？」

陳琳早就把命豁出去了，非常鎮定的對劉妃說：「娘娘，就只有水果。如果您不相信的話，就把皇封拆掉，親自檢查嘛！」說完，假裝動手準備拆皇封。

劉妃看此情景，便說：「算了！算了！皇封不能亂拆，我相信你了。」

這時躺在水果盒裡的小小太子，是多麼多麼的安祥呀！既不哭，也不鬧，彷彿知道要配合這一切行動似的，什麼聲音也沒發出。

娘娘：千歲的太太叫娘娘，皇帝的妃子也叫娘娘。

陳琳出了金華宮，出了禁門，直往南清宮，將水果盒獻給了八千歲，但這時，陳琳再也忍不住的，流下了眼淚。

八千歲心知一定有事，便把陳琳帶到內室，問他究竟怎麼一回事？陳琳一五一十的照說了。

八千歲說：「你確定這眞的是太子？」

「當然！」陳琳肯定的回答：「劉娘娘叫寇珠帶出太子的時候，還用龍袱包住他，這就是證據。」

八千歲趕快把太子抱進妻子——狄娘娘的房間，告訴她事情的眞相。他倆決定，把太子留在南清宮撫養長大成人。

在玉辰宮那邊，李妃生下怪胎之事，早已傳遍各處，劉妃也把這個消息迅速的通知了皇上。

龍袱：龍代表皇帝之尊，包袱上面繡著龍，當然是指皇族嬰兒專用的被袱了。

冷宮：皇帝不寵愛的妃子，所住的地方，叫做冷宮。

皇上非常生氣，把李妃打入了冷宮，李妃從此過著暗無天日，有如坐監牢一般的日子，皇帝再也不去看她了。

過了幾個月，劉妃生產了，生下了一個男嬰。皇帝高興極了，立刻宣布立劉妃爲皇后，新生兒當然就是太子啦！

太子還沒有成年，就因病去世，皇帝非常傷心，唯一的兒子不幸死去，又沒有太子了。

有一天，八千歲進宮，皇上問八千歲有幾個兒子，年齡有多大？八千歲說有三個，最小的一個剛好和去世的太子同年。

皇上很思念太子，聽到八千歲說小兒子和太子同年，便叫八千歲帶他來宮裡玩。

皇帝看到八千歲的三子，感覺非常有緣，並說：「你們覺不覺得，他長得有點像我呀？」然後又很高興的說，就立他爲太子吧！

皇帝封了新太子後，叫陳琳帶新太子去參見皇后，也就是劉后，並叫陳琳帶新太子去參觀宮裡各處。

劉后見到了新太子，先是一愣，繼而心中想：「奇怪，他怎麼長得和皇帝一個模樣呢？」但是也不敢說什麼。

新太子和陳琳在宮中走著走著，來到了李妃所住的冷宮，見到了李娘娘。說也奇怪，大概是母子連心吧！太子一見到李娘娘，就哭了起來，他對陳琳說：「李娘娘好可憐哪！爲什麼要住在這個地方。能不能請父王降旨接走李娘娘呢？」

陳琳見狀，爲免露出痕跡，趕緊把太子帶走。

而劉后這邊，卻越想越不對勁，爲什麼太子會像皇帝？爲什麼太子見到李妃會流淚呢？難道……難道他就是當年李妃生的那個兒子？難道寇珠沒有把他丟到橋下……？陳琳是不是和寇珠聯手欺騙我？

劉后心中非常憤怒，立刻傳寇珠來，一邊拷打，一邊嚴厲的逼問寇珠，寇珠當然什麼都沒有說。

劉后又用了更狠的一招，就是叫陳琳來拷問寇珠，陳琳眞是心痛呀！但是劉后太狠了，陳琳一點辦法也沒有。

這時，皇上忽然下旨要見陳琳，劉妃沒轍，只好放陳琳走。可憐的寇珠，知道凶狠的劉后一定不會放過她的，就撞壁自殺了。

劉后一看寇珠自殺，心中更爲憤怒，爲了避免日後眞相曝光，便和郭槐密商，打算害死李妃。

在李妃那邊，自從和太子有過一面之緣後，便非常的思念太子，又想到自己以前被陷害的種種，終日以淚洗面。

忠心的冷宮總管秦鳳，由於已知眞相，又不忍心看到李妃痛苦，便將狸貓換太子的事情，告訴了李妃。

李妃聽了，心中非常歡喜，但是平日根本沒有機會見到太子，只好天天燒香禱告老天爺保佑太子。

李妃燒香禱告，則被劉后拿來作文章，她向皇帝進言，說李妃每天在冷宮裡作法，想詛咒皇上。

皇上當然非常生氣，就下令叫李妃自殺。

消息傳到了李妃住的冷宮，秦鳳非常著急，太監余忠是個忠義護主之人，便毅然決定換穿李妃的衣服，代李妃受死。而李妃則假裝余忠，臥床不起。

郭槐知「李妃」已死，便放了心，後來聽說「余忠」生病了，就叫人把他抬出去，貶爲平民百姓。

老婆婆說到這兒，不禁老淚縱橫的對包公說：

「那個李娘娘就是我呀！」

包公驚得快要從椅子上彈起來，問老太婆：

「妳可有什麼證據？」

「當然有！」老婆婆摸著摸著從口袋裡掏出了一個小包包。包公打開一看，是一顆金丸，上面刻著「玉辰宮」和娘娘的名字，這是皇上賜給娘娘的東西。

包公這時已確定了李妃的身分，但是要怎麼幫她平反呢？包公陷入沈思中。

金丸：金子做成丸狀，是皇帝賜給寵妃的信物，上面刻有娘娘的名字和娘娘所住宮殿的名稱。

老婆婆老淚縱橫的訴說「狸貓換太子」的過程。

包公想了好一會兒，決定爲了避人耳目，乾脆對外聲稱李妃是他失散的母親好了。便對李妃說：「娘娘，我先暫時認您爲母，再祕密進行平反冤情的事，如何？」

「好的，」李妃說：「只要讓我的冤情得以昭雪，都可以。」

包公吩咐包興，對等在外面的范宗華說道：「你帶來的這位老太太，原來是包大人的母親，現在母子重逢了，請你幫忙準備一些衣物、首飾，還有幾位丫鬟，我們要一起進京去。」

不多時，一切都準備好了，在出發之前，包公親手寫了一封信，叫包興一人先帶進京去給包公的夫人，先告訴包夫人，包公即將帶著李妃進京，請夫人先準備住的地方，還有，千萬要以婆媳之禮相見，並且，不得走漏任何風聲。

不久之後，李妃乘坐的轎子來到了京城——開封府，包夫人出來迎接。等閒雜人等都退下去了之後，包夫人立刻向李妃下跪，說：

「臣妾見過太后娘娘千歲。」

李妃趕快把包夫人扶起來說：「我們還是假裝婆媳好了，以免被別人懷疑了。」

李妃把這些年來所受的苦，又對包夫人說了一遍，一邊說，一邊又哭了起來，並對包夫人說：

「我是太想念我的孩子，才把眼睛哭瞎的。」

夫人忽然想起家中有一個古今盆，聽說盛裝了清晨的露水，可以醫好眼盲的疾病，便趕快把古今盆找出，然後對李妃說：

「娘娘今日已累，請您先休息吧！明日請早起到花園裡來，我要給您治療眼疾。」

入夜之後，包夫人便在花園中設壇焚香，禱告上蒼保佑太后李娘娘，早日重「見」天日。

當黎明的第一道曙光乍現，包夫人使用古今盆接下數滴露水，呈給李妃洗眼睛。

「好舒服哇！」李妃輕閉雙眼，用手略微按摩眼睛四周，然後張開雙眼。

「看到了！看到了！」李妃瞇著眼說：「好亮！花園裡的花兒好漂亮！」

又看著包夫人說：「妳眞是我賢慧的媳婦呀！老天爺一定是被妳感動了。」

第二天，包公正在書房時，包興進來報告：

「南清宮的寧總管有事求見。」

包公心想：「究竟是什麼事呢？我和南清宮的人不熟呀！」

這時包夫人提醒他：

「南清宮住的是狄娘娘，也就是全國人都以為的皇上的生母。如果有機會讓李娘娘和狄娘娘見面，不是很好嗎？」

於是包公就接見了寧總管，並問寧總管此次前來，有什麼要事。

寧總管說：「常聽狄娘娘說大人秉公無私，是國家的良臣，常要王爺們多向大人學習。正好，明天是狄娘娘的誕辰，想請大人赴南清宮參加祝壽。」

「好，我一定到，」包公說：「不過，我母親現正在家，我想帶她一起去祝壽，可以嗎？」

「當然可以！」寧總管高興的說：「眞是太好了！狄娘娘一定很想知道像大人這樣的賢臣，是出自哪位母親之手的教導。」

第二天，包公和「母親」李妃，一起來到了南清宮。在寧總管的引導下，將李妃請到了狄后住的寢宮，原來狄后迫不及待的想見見包公的母親。

當李妃踏進狄后的門檻，狄后看到李妃，覺得她非常面熟，但是一時想不起來在哪裡見過面。

等行過見面禮後，彼此開始寒暄，狄后看包母，越看越像當年被皇帝賜死的李妃，決定來試探一下。

狄后問李妃：

「您今年貴庚呀？」

李妃回答：「四十二歲。」

狄后又問李妃：

「包拯今年多大呀？」

「這個……，這個……。」李妃急得臉都紅了。

狄后心中狐疑，哪有母親不知道兒子今年幾歲？莫非她不是包公的母親？

晚上，狄后吩咐丫鬟們將房間打掃乾淨，她要和包老夫人一起過夜、談心。

晚上二人又聊得很愉快，後來，狄后忍不住的追問李妃：「妳爲什麼不知道妳兒子的年紀？妳有什麼隱情嗎？」

李妃被狄后一問，頓時悲從中來，不覺失聲叫出：

「姊姊！妳不認識我了嗎？」

狄后心中一震，脫口而出：「難道妳是……妳是李娘娘？」

李妃點點頭，這時臉上早已爬滿了淚水。

狄后緊接著問：「這到底是怎麼一回事呀？請快點告訴我。急死我了！」

李妃停了抽泣，把事情的經過，一五一十的向狄后說了一遍。並說，遇到包公假裝是母子，是爲了要想辦法避人耳目，方便冤情的昭雪，又說，今天來祝壽，其實是想來告知狄后眞情的。

說完，李妃又掏出了當年先皇賜給她的，刻了名字的金丸給狄后看。

狄后終於確定，眼前這位李妃，才是皇上的生母，是眞正的太后，便起身向李妃下跪說：

「請李太后原諒我這些年來，未能讓您享福，反而讓您流落異鄉，眞是罪過呀！」

「哎呀！姊姊請起。」李妃連忙扶起狄后，並對她說：「其實我要感謝妳對皇上的養育之恩。不過，要怎樣通知皇上，好讓我們母子團圓呢？」

「放心，」狄后肯定的說：「這事包在我身上。」

第二天早晨，皇上正要上朝，寧總管晉見皇上，著急的對皇上說：

「狄后娘娘昨晚忽然生病了，病得很嚴重。」

皇上立刻說：「今天不臨朝了，朕立刻去南清宮看母后。」

仁宗皇帝到了南清宮，直接到了狄后住的寢宮，隨

朕：皇帝的自稱。

行的，只有貼身的太監陳琳一人。

皇上看到狄后躺在床上，趕快上前問道：

「聽說母后身體欠安？」

狄后張開眼睛，嚴肅的問皇上：

「你覺得什麼事情是人生中最重要的？」

皇上想了一會，說：

「是盡爲人子的孝道。」

「好，」狄后坐起來說：「那麼，如果做兒子的，不知道自己母親的死活，或者是任母親在外面流落異鄉，你覺得該怎麼樣？」

皇上被問得一頭霧水，答不出話來。

狄后又說：「如果這個做兒子的，是——皇帝呢？」

皇上呆住了，忙問狄后：「母后，您一定有事，請明說吧！」

狄后轉身從枕頭下拿出了一條繡著龍的包袱，上面有先皇親筆寫的字。然後問皇上：

「你知道這是什麼東西嗎？」

一旁的陳琳，看到龍袱，立刻老淚縱橫。皇上覺得事有蹊蹺，便問狄后：

「這是做什麼用的？」

狄后這才說出當年劉后和郭槐的陰謀，並說，這件龍袱便是當時包著才出生的太子，由陳琳送往南清宮，給六合王八千歲和狄娘娘撫養的東西。

皇帝聽了，眼淚不停的流下，著急的問狄后：

「我親生的母后究竟在何方呀？」

這時，帳子後面突然傳出一聲：

「我的兒呀！爲娘的就在這裡呀——」

皇上看看狄后，看看老臣陳琳，他們都點點頭，皇上這才「撲通」一聲跪下去，對李妃說：

「皇娘這些年受苦了。」

全體的人，這時都哭成一團，並紛紛下跪，勸李妃和皇上保重身體，不要太悲傷了。

皇上向狄后謝過養育之恩後，又謝了謝陳琳：

「當年若不是你，我早就沒命了，你眞是國家的忠臣，我的救命恩人哪！」

「現在該怎麼辦呢？」皇上有點著急。

狄后說：

「我看，你還是降旨讓包學士來辦這件案子吧！」

詔書：皇帝宣布事情，內容寫在紙上，由專人送去被下詔對象的住處宣達。

仁宗皇帝立刻回朝，親自寫了一封詔書，封好，叫郭槐和陳琳一起送去開封府。

聖旨到了，包公出來接旨。郭槐很神氣的要宣讀聖旨，便打開聖旨，開始念道：「今有太監郭槐……」

郭槐傻住了，怎麼自己的名字會出現在聖旨上呀？

陳琳接過聖旨，繼續往下念：「今有太監郭槐，居心叵測，密謀不軌，陷害善良……現交予開封府嚴加審訊……。」

包公謝過旨後，大叫一聲：「拿下！」

王朝、馬漢便把郭槐架住，押到公堂上，開始審問郭槐。

郭槐不肯招認，包公設計，安排夜審，假扮閻羅審案，郭槐心虛，無法再隱瞞，便全盤托出，和劉后密謀陷害李妃的經過，並在口供上畫了押。

第二天，包公把郭槐的口供，呈上去給皇上看，皇上看過後，帶著郭槐的口供來到劉后所住的地方。這時，劉后已經病得很重了。

皇上把郭槐的口供丟到劉后的床上，劉后一看，竟嚇得一命嗚呼了！

次日，皇帝下詔，須令天下，告知全國百姓，眞正的太后是李太后，不是劉太后。

皇帝又選了良辰吉時，帶領朝中百官，親自去蘭清宮，接李太后回宮。

至於郭槐，被判處死刑，當年的守喜婆尤氏，也被判處死刑。並另建寇珠、余忠等忠臣的祠堂，好做爲日後拜祭之用。

祠堂：祭祠死者的地方。

由於包公辦案有功，這次事件之後，包公被封爲首相，陳琳則升爲都堂，范宗華也升了官。至於破案那個地方，則建了一座廟，以做爲永久的紀念。

第六回　展昭耀武樓封護衛

有一天，皇上召見包公，對包公說：

「聽說有位義士，叫做展昭的，他的武功很好，是不是呀？」

包公回答：

「展昭是個武功高強的俠士，我曾經被他救過好多次呢！」

「眞的？」皇上很高興的對包公說：「我好想召見一批武功好的人，那麼你就叫他明天來耀武樓，考一考他的武藝吧！」

包公謝過皇帝後，立刻通知展昭，展昭得知皇帝要考試，心中一方面緊張，一方面也高興，畢竟，能得到皇上的賞識，是一件非常光榮的事呀！

第二天，包公和展昭來到耀武樓，皇上和朝中文武百官，也都來到耀武樓。包公帶著展昭，參見過皇上後，皇帝對展昭說：

「我看你年紀輕輕的，長相倒是不凡，你就舞個劍給我看吧！」

展昭舉起寶劍，先向皇上行禮，然後開始舞劍。剎那間，只見劍鋒轉來轉去，銀光閃閃的，忽上忽下。大家的目光跟著寶劍一直翻轉，看到最後，竟然人人眼花撩亂，此時，鼓掌與喝采之聲響起。

展昭舞完了劍，臉不紅，氣不喘，皇上龍心大悅，非常高興，又對包公說：

「眞是好劍法。又，聽說展義士的袖箭功夫不錯！也來試一試吧！」

包公很高興的對皇上說：

「曾經聽展義士說，他能在夜間打滅香頭上的火，可是現在是白天，我看，要不然用木牌，糊上白紙，再請聖上隨便點三個紅點，來試試展昭的袖箭，不知聖上以爲如何？」

皇上說：「正合我意。」

於是辦事人員準備好木牌，糊好白紙，請皇上點了三個紅點，一切準備就緒。

皇帝對展昭說：「隨便你站在哪裡發箭都可以。」

展昭算了一算距離，忽然開始跑步，一邊跑，左手一揚，右手飛出一支短箭，只聽見木牌的紙上「咱」一聲響。

他停住腳，又一揚手，木牌紙又「咱」一聲響；然後展昭換了一個姿勢，腰一躬，頸一扭，好像臥虎的姿勢一般，右手從左手的胳肢窩下又發射出一支短箭，這一箭，由於力道太強，把木牌震得「咱咱」響，好似強風吹過一般。

手下將木牌拿給皇上看，只見木牌上插著三支八寸長的袖箭，每一支都命中紅點，甚至第三支還把木牌給釘透了。

皇上看了，驚訝不已，連聲稱讚：

「了不起，了不起，眞是身懷絕技呀！」

展昭受邀在耀武樓展武藝，「御貓」之名不逕而走。

包公又向皇上報告：

「展義士還有一項武功，就是『縱躍法』，由於必須登高，所以要把外面穿的長袍脫掉，身子才靈活。還有，請皇上登上對面那座高樓，從對面看，才能看得一清二楚。」

皇上說：「好。」然後帶著大臣們上樓觀賞。

展昭脫去長袍，走到了高樓下。他先是伏在地上，行走幾步，然後身子一縮，背一躬，只聽到「咻——」的一聲，展昭倏地「飛」到了高樓上了。

皇帝非常驚喜：「這等輕功眞是無人能比呀！我剛才看到他在地面上，一下子就上了高樓了！」

展昭繼續表演，他走到一根柱子旁，雙手一摟，兩腳一夾，就「蹬蹬蹬」的爬到柱子頂上去了。

輕功：一種武功，身手矯健的飛躍，似乎身體無重量一般的輕。

走到柱子頂端，展昭忽然用腳勾住椽頭，身子倒掛椽上，然後又用手抓住椽緣，把身子晃來晃去，對面人看得目瞪口呆，只見展昭在上面竄過來，竄過去，身子靈活得不得了。

最後一眨眼的工夫，展昭身子一捲，捲上屋頂去了。對面傳來如雷的掌聲。

皇帝看到這裡，不禁脫口而出：

「奇了！奇了！這哪裡是個人，簡直就和我的御貓一樣嘛！」

展昭在對面屋頂聽到了，便向聖上叩頭，全部的人都替他高興不已。

皇帝看完了展昭的技藝表演之後，回去後就公布旨令，封展昭為「御前四品帶刀護衛」，大家從此以後，

椽頭：房子的大梁兩頭。

四品：朝廷的官共分九品，即九個等級，四品屬中上的官職。

都叫他「展護衛」，不過，「御貓」之名，也就不逕而走，成爲展護衛的另一個綽號了。

第七回　丁小妹比武聯姻

展昭在皇帝面前表演過武藝之後，一日來到杭州西湖，正欣賞風景的時候，忽然看到對面岸邊有一個老頭子正在投水。

展昭急得不得了，由於不會游泳，只能乾跳腳。正十萬火急的時候，水面划來一隻小船，上面坐著一位少年漁郎，到了老頭子身邊，縱身躍入水中，一把抓起了老頭子，把他拖往岸邊。

展昭急忙繞過湖中的橋，跑到對面。看到少年漁郎正把老頭子肚子裡的水壓出來。沒多久，老頭子悠悠醒了過來。

少年漁郎問老頭子：

「有什麼事情想不開，爲什麼一定要投水呢？說出來，我來幫你想辦法解決。」

展昭看到少年漁郎義勇救人，心中非常感動。仔細的觀察了這位少年漁郎，年紀大概二十歲左右，英氣滿面，氣度不凡，心中暗暗稱許。

這時，老頭子嘆了一口氣說：

「我姓周，叫做周增。本來在中天竺開了一座周家茶樓。三年前冬季的一個大雪天，我在茶樓門口發現了一個倒在雪地裡的漢子，我好心的把他救了起來，給他蓋暖被，給他喝薑湯。

他告訴我，他叫做鄭新，自幼父母雙亡，沒有兄弟，家中貧困，來本地原是投親，但又找不到親人。加上許久沒吃東西，又遇到大風雪，才倒在我茶樓的前面。

我看他可憐，就把他留在我店裡，後來知道他會寫字，會算帳，是個有用的人，便叫他在櫃臺幫忙。後來見他做事還算勤快，便把他招贅爲女婿。

不料，去年我的女兒死了，鄭新又娶了王家的姑娘，從此，就對我不像以前那麼尊敬了。

不尊敬也就算了，有一天，他說，既然是他在做掌櫃的，何不把茶樓的名字改成鄭家茶樓呢？誰知道，茶樓名字改了之後，他們二人就更不把我放在眼裡了，還想把我趕出茶樓。

招贅：男女結婚，男方從女方姓，並住進女家，子女亦從母姓。通常女方無兄弟，爲延續香火，才招贅夫婿。

我實在是氣不過了，就向縣府告了一狀，誰曉得他竟然買通了縣衙門裡的人，反而是我被判有罪，被打了二十大板，還被驅逐出境……這是個什麼世界呀！我不如死了算了！嗚嗚嗚……嗚嗚嗚……」

少年漁郎聽完了老頭子說的話，不禁「哈哈」笑出聲來。

老頭子奇怪的看著少年漁郎。

少年漁郎對老頭子說：

「你氣不過，怎可投水呢？萬一淹死了，那豈不連復仇的機會都沒了？」

「我現在都被趕出來了，還談什麼復仇呀？」老頭子心情非常鬱悶。

「你再開一家周家茶樓，來氣氣他，不好嗎？」少年漁郎鼓勵老頭。

「開玩笑，」老頭搖搖手說：「我吃沒吃的，穿沒穿的，活下去都成了問題，還說什麼開茶樓呀！」

「請問，開一間茶樓，大約要多少銀子？」少年漁郎是眞心想幫忙了。

老頭子回答：「大概要四百兩銀子，這可是最少的估計。」

「沒關係，」少年漁郎一口答應：「這四百兩銀子，就包在我身上。」

展昭在一旁聽到這裡，不禁心中暗自稱許：這位漁郎眞能仗義疏財，救人一命，眞是難得呀！然後上前，對著老頭子說：

「周老大你不要拒絕，也不要再猜疑。我相信這位漁郎所説的話，我願意當個見證人。」

少年漁郎看到有人願意爲自己擔保，趕快打量一下這位正義之人，原來是位相貌不凡的俠士。少年漁郎對老頭子說：

「你聽見了，有人願意爲我作證喲！就這樣了，明天中午，就在這裡，你等我，我一定把錢送來，你可千萬要來呀！」

說完，還掏出了五兩銀子，遞給周老頭，說：

「這點錢，你先拿去吃點東西，買件衣服穿穿。對了，你的衣服都溼了，我船上有乾的衣服，你先拿去換。明天再帶來還我好了。」

周老頭感激的一直說「謝謝！」「謝謝！」

展爺回去後，決定前往中天竺的鄭家茶樓瞧瞧。他到了中天竺後，不久就問到了鄭家茶樓。

鄭家茶樓的生意還不錯，展昭一進門，就留意到櫃臺裡坐著的那個人，衣服非常華麗考究，但是臉上卻沒什麼表情，長相也不好看，尖嘴猴腮的。

掌櫃的見展昭進門，立刻起身招呼：

「大爺喝茶請上樓。」

展昭上了樓，揀了個位子，坐定，跑堂的來了，問他：

「大爺是喝茶還是飲酒？」

展昭答：「喝茶。」並選好了茶後，打量了四周一番。此時有人上樓來了，展昭忽覺面善，只是想不起在哪見過此人，只見他一身武生打扮，相貌堂堂，想必是

尖嘴猴腮：指相貌刻薄。

哪家的公子爺。

武生看到了展昭，便熱切的向展昭打招呼，並走了過來。展昭這才猛然想起，他就是在西湖救起投水老頭的少年漁郎嘛！

「坐！坐！」展昭熱情的招呼武生公子坐下。兩人開始互敘姓名。

武生先問展昭貴姓大名，展昭回答：「小弟姓展，名昭。」

武生公子驚訝的問：

「你就是不久前才升的四品帶刀護衛，欽賜御貓，人稱南俠的展老爺嗎？」

「不敢當。」展昭謙虛的說，又問武生公子：

「請問兄台貴姓大名？」

武生公子回答：

「小弟是住在茶花村的丁兆蕙，我有一個雙胞胎哥哥，叫丁兆蘭。」

「哦哦！原來是鼎鼎大名的雙俠丁氏兄弟呀！」展昭敬佩的握拳致意。

「咦！那爲什麼你要穿上打漁人的衣服呢？」展昭疑惑的問。

「我是陪我母親來靈隱寺進香，走到了湖畔，看到這山光水色，非常迷人，一時技癢，便做起漁郎打扮，」丁兆蕙笑著說：「本來是純娛樂的，誰知道在無意中，還救了周老頭，也算是一個機緣吧！」

兩人又聊了一會兒後，便分手了。展昭在附近找了一個客棧，住了下來。到了半夜，展昭帶了寶劍，來到

靈隱寺：杭州西湖畔最有名的一座寺廟，目前是觀光勝地。

了鄭家茶樓的後門。

房間裡面燈火明亮，展昭趴在窗户邊，仔細聽裡面的對話，又聽到咕咚咕咚的聲音。展昭伸頭一望，原來是白日櫃臺裡面的那人，正從一個大袋子裡面把一包一包的銀子放入牆壁上的一個暗門裡。

這個暗門，從外表看不出是一個密閉的空間，只要在牆壁上按兩下，門就會開。展昭可看清楚了，但是，這些銀子該怎麼弄到手呢？

忽然，一個丫鬟從另一邊門衝了進來，大聲叫：

「不好了，失火了！失火了！」

鄭新和他新娶的太太衝出了房門，打算去滅火。展昭可高興了，心想：

「我何不趁此時刻去偷他的銀子呢？」

展昭正準備要爬進去，忽然燈光一幌，一個人影進了房間，展昭仔細一看，原來不是別人，而是救了周老頭的丁兆蕙。

「哈哈！」展昭心想：「敢情他也是來拿銀子的？他知道地方嗎？」

正想著，忽見丁兆蕙直奔暗門口，用手在旁邊按了兩按，門開了，丁兆蕙把幾包銀子揣到了懷裡，然後把門關上。

丁兆蕙正準備要離去時，忽然又聽到吵鬧的聲音，原來是鄭新、他太太和丫鬟們又回來了。展昭急得不得了，該怎麼讓丁兆蕙脫身呢？

忽然「噗」一聲，燈火滅了。丁兆蕙情急之下吹滅了燭火，趁黑從另一邊門溜了。

「好個機靈的丁兆蕙！」展昭暗自讚賞。

鄭新幾個人一進房門，正覺奇怪之際，等點亮了燭火，鄭新衝到密門一看。

「完了！完了！中計了。」鄭新簡直快哭出來：「剛才外邊的失火是調虎離山之計，如今銀子全部都被人拿走了……」

展昭見此情景，就轉身回客棧了。

第二天中午，展昭依約來到了湖邊，周老頭已經到了，沒多久，丁兆蕙也來了，只不過，今天不是漁郎打扮，而是武生公子的打扮。

丁兆蕙問周老頭：

「我把銀子帶來了，你要開店，可有地點？有幫手？」

「在鄭家茶樓對面有座舊樓，原是我朋友孟先生的，他去世之前，把樓托給了我；另外，我有個外甥，原本也是周家茶樓的幫手，但後來被鄭新趕了出來。」周老頭地點和人手都有了。

「好！」丁公子一拍掌：「這口氣你賭準了，非把鄭家茶樓的生意給搶過來不可！」然後就把隨身帶來的銀子，給了周老頭，一共是四百兩。

丁公子對周老頭說：

「如果有人問你錢哪裡來的，你就說是鎮守雄關總兵之子——丁兆蕙給的；保證人是四品帶刀護衛展昭，知道嗎？」

「原來是二位大人，眞是太太太……太感激了。」

周老頭謝過恩人，歡天喜地的走了。

丁兆蕙對展昭說：

「我們家離這兒不遠，我哥哥兆蘭對展兄久仰大名，不知您願不願意去舍下玩幾天？」

「好哇！」展昭高興的說：「我也正好想認識一下令兄哩！」

於是，二人乘著小船，來到了丁府。

上了岸，進了丁家的莊門，許多人出來迎接，其中臺階之上站著一位和丁兆蕙長得很像的人，想必就是丁兆蘭了。

展昭隨衆人進入了丁家，又行了見面禮，方才坐下來寒暄。

丁兆蕙先問展昭：

「聽說你在聖上面前舞劍，眞想看看你的寶劍，你

舞劍：寶劍除了是防身的武器外，也可以隨著旋律舞動，成爲一項充滿了力與美的技藝表演。

能借我瞧瞧嗎？」

「當然可以。」展昭抽出寶劍，遞給了丁兆蕙。丁兆蕙接過，仔細一看，的確是好劍。

「你可以舞劍給我們看嗎？」丁兆蕙問展昭。

「算了！算了！不是什麼了不得的事，普通技藝，何足掛齒。」展昭謙虛的拒絕。

「先等一下好了，」丁兆蘭在一旁說：「我們先來喝點酒，助助興，等一下再舞劍也不遲嘛！」

於是兩兄弟吩咐左右擺上酒菜，這時，展昭覺得不好意思，便說：「好吧！我先來舞一小段，若有疏忽之處，還希望二位不吝指教。」

說完，步出大廳，在屋外平臺上，舞了起來。一邊看，丁兆蕙和丁兆蘭不時鼓掌叫好。

舞完了一段之後，丁兆蕙對展昭說：

「我這裡也有一把劍，展兄要不要舞舞看呢？」

「好呀！」展昭同意。

丁兆蕙拿出寶劍，展昭一看，的確也是好劍。接過舞了一陣後，丁兆蕙問展昭：「覺得如何？和你的比呢？」

「好是好，」展昭回答：「不過比我的劍輕了一點就是了。」

「咦！輕劍就是輕人喲！」丁兆蕙對展昭說：「這把劍的主人，只怕你惹不起。」

展昭有點惱，便說：「我才不怕，你儘管說出，這把劍的主人是誰？」

「是我小妹。」丁兆蕙神祕的說。

「老太太來了。」這時丫鬟出來通報。

大家連忙進入廳內，丁母坐下，仔細的打量了展昭一番，心中甚是喜歡，便稱呼展昭一聲「賢姪」。

丁兆蕙立即明白，這原是與其母約好的稱呼，如果丁母看展昭很喜歡，可以介紹給丁小妹，便以「賢姪」二字相稱。

丁兆蕙知道了母親的意思，便悄悄溜出，往丁小妹月華的房間而去。

丁小妹看到二哥進來，便問：

「二哥，你不是有客人來嗎？怎麼來我這兒？」

丁兆蕙趕忙對丁小妹說：

「這位客人叫做展昭，是四品的帶刀護衛，人稱南俠，武功高強。我剛剛把咱們家的寶劍借給他舞，他竟然說這把劍不怎麼樣。我告訴他，這劍的主人是我妹妹，他竟然說……說……。」

「他說什麼呀？」丁月華著急的問。

「他說……一個女流之輩，能有什麼本領。」丁兆蕙故意激丁小妹。

然後丁兆蕙又說：

「哎！反正人家只是說說，又未必眞的要和妳比武。妳害怕就算了，就不要和他計較了吧！」

「不！」丁小妹生氣了：「二哥先請，我隨後就到。」

一會兒之後，丁小妹一臉怒容的來到大廳。展昭心中納悶，丁小妹長相清秀，怎麼在生氣呢？

丁兆蕙悄悄的在展昭耳邊說：

「都是你貶她的劍，如今她出來找你理論了。」

「哦！眞的要比？」展昭瞄了丁小妹一眼。

兆蕙又到小妹月華的身邊嘀咕：

「展護衛說，他等著和你較量呢！」

「哼！比就比。」丁小妹脫去外袍，懷抱寶劍，往平臺東邊一站。展昭沒辦法，只好抱著寶劍，往平臺西邊一站，並說：「請！」

比武開始。

二人各自拉開架式，丁兆蕙和丁兆蘭站在丁母的背後。幾個回合之後，丁母說：「算了吧！比比就好了，別當了眞了，劍有鋒芒，別傷到身子才好。」

但是二人依舊「鏘！」「鏘！」「鏘！」的比過來，比過去。剛開始的時候，展昭還只是比畫比畫，心想一個女子大概武功也高強不到哪裡去，誰知展昭越比越不這麼認爲了。

展昭心想，這個丁小妹，還眞有些底子哩！心中反倒高興起來，就越比越得意。

忽然見展昭一劍從丁小妹肩上方斜刺進，又斜刺出。只聽得「嗒」一聲，好像有什麼東西掉落下來。

忽又見丁小妹一劍刺過來，展昭頭一低，不料展義士的頭巾被削了一小塊下來。

展昭叫著：「我輸了！我輸了！」

丁兆蕙拾起掉落的一小塊頭巾，丁兆蘭也揀起先前「嗒」一聲掉下的東西。仔細一瞧，原來是丁小妹耳朵上的耳環。

丁兆蘭對展昭說：「是小妹先輸啦！」

展昭高興的說：「令妹眞是好劍法呀！」

比完了劍法，丁小妹逕自回房去了，丁母請展昭進大廳坐下，對展昭說：

「月華其實是我的姪女，自幼父母雙亡，我一直視她如己出。其實我早就景仰展護衛大名，很想和展護衛結爲親家，但是不便開口。今天有緣，展護衛來到寒舍，便想計讓你和小女用比武的方式見個面，也好免除相親的尷尬。也還請展護衛了解，我們並非沒有規矩的人家，來客就要比武。」

丁兆蕙也過來說：「並非我不勸你們停止比武，實在是我們已有了計畫，所以還請展兄原諒。」

展昭到現在才知道，這一切原是丁家爲了促使一段姻緣才這樣做的。加上心中還眞的頗喜歡丁小妹，便答

丁家讓丁小妹和展昭第一次見面以比武方式，促成兩人婚事。

應了這門親事。

於是雙方交換了寶劍，做爲訂親的信物。然後展昭便在丁家暫時住了下來。

第二天早上，丁兆蘭、丁兆蕙和展昭三人出門，到附近小山去散步，正聊著天的時候，忽然見江面一小船飛快駛來，到了岸邊，船上人直奔岸上，向丁兆蘭說：「那邊有人要搶魚。」

丁兆蕙聽了，說：「這還了得！」

展昭說：「怎麼回事呀？」

丁兆蕙解釋說：「我們這裡水道的漁船，以蘆花蕩分界，蕩南有個陷空島，島上有個盧家莊，當年盧太公樂善好施，現在的島主盧方，也是和睦生財，鄉里人人尊敬。因盧方會爬竿，大家都叫他鑽天鼠。鑽天鼠交了

水道：江南多水，各種河渠密布，水中又有豐富的漁產，一般多分有地盤，互不搶偸。

四個朋友，共成五義。

這五義，大爺就是盧方；二爺叫韓彰，因爲會做地溝地雷，大家都叫他徹地鼠；三爺叫徐慶，是鐵匠出身，能探山鑽孔，所以綽號叫穿山鼠。

四爺嘛！叫做蔣本，字澤長，身材瘦小，卻能在水中開目視物，一如陸地一般，人稱翻江鼠；只有五爺，器宇不凡，英姿煥發，卻行事霸道，是個武生的角色，姓白名玉堂，人稱錦毛鼠。」

展昭一聽，和白玉堂有過一面之緣，便說：「這人我認得。」

丁兆蘭、丁兆蕙兄弟決定前往蘆花蕩排解漁事糾紛，展昭也跟了去。

到了蘆花蕩，才發現，搶魚的人是一個面容凶狠，叫做鄧彪的人，他是鑽天鼠盧方新收的頭目。

盧方為了鄧彪的行為向丁氏兄弟道歉，畢竟是自己的手下越界去搶魚的呀！

雙方言和，又聊了一會兒，展昭從談話中得知幾天前白玉堂上京城去找御貓了。展昭聽了，也無心再待在此處，便向丁氏兄弟告辭，趕往京城——開封府去了。

第八回　白玉堂三戲顏查散

在一個叫做榆林村的地方，住著一位叫做顏查散的人，年紀只有二十二歲，和寡母鄭氏、老奴顏福，三個人清貧度日。

顏查散的父親，原來是縣令，兩袖清風，如今家道衰落，更是一貧如洗。但是顏查散素有大志，每年都想上京考試，但是因爲家裡太窮了，一直湊不出盤纏，所以一直未能如願。

又到了考試的季節，今年顏查散仍胸懷大志，想進

盤纏：就是旅費，因古人外出遠門，都將銀錢緊密的綁在腰上，故有此稱。

京去考試，顏查散的母親——鄭氏左想右想，終於想出了一個辦法：

「你姑媽家很有錢，你乾脆去投靠她好了，一來可住在她家，準備考試；二來也可和你已訂親的表妹完婚。這不是兩全其美嗎？」

「可是，」顏查散猶豫的說：「自從父親過世之後，我們和姑母已經許多年未聯絡了，此次前去，恐怕姑母她不肯收留吧！」

正在煩惱之際，忽然有人來敲門，老僕顏福開門一看，是一位十來歲的小童。

顏福問小童：

「你是誰呀？來我們家做什麼？」

小童回答：

「我叫雨墨，主人是您們家相公的同窗好友金相公，他知道您們家相公打算上京考試，怕路途遙遠，就叫我來陪顏相公去。」

「還有，」雨墨又說：「我們家相公怕路上需要用錢，還叫我帶來十兩銀子呢！」

顏查散全家人都感激得不得了，但是這個小童年紀滿小的，路途那麼遙遠，能吃得了苦，使得上力嗎？

雨墨看出大家的遲疑，便主動說：

「我從八歲起，就跟著父親在外面做生意了，我對於各地的道路非常熟悉，各種外面的狀況也都了解，顏相公第一次出這麼遠的門，跟我只管放心吧！」

既然這樣，顏查散等人就放了心，留下雨墨，準備第二天上京趕考。

第二天，在一家人的歡送下，顏查散和小童雨墨就上了路，朝向一個遠大的目標邁進。

走著走著，他二人來到了一個鎮上，這時也到了中午時分，該吃中飯了。

顏查散說：

「我肚子好餓呀！雨墨，咱們找一家飯館，好好吃一頓吧！」

「不行，」雨墨說：「找飯館可以，大吃一頓可不行，路途還很遙遠，我們得省著點花。」

「好好，就聽你的。」顏查散笑著說。

主僕二人選了一家普通的飯館，點了兩道普通的菜。

店小二冷著臉走了，看來頗爲勢利。

店小二：飯館裡跑堂的服務生。

正等著上菜的時候，忽然聽見門口鬧烘烘的，然後又聽見有個人在大聲叫著：

「吃一碟菜怎麼著？又不是不付錢，你們就這麼可惡呀！小心我放火把你們店燒了。」

雨墨說：

「嘻！有人替咱們出氣了。」

又聽到剛才那個人叫道：

「我是念書的人，你們可別瞧不起我，小心你們的腦袋。」

顏查散覺得挺有趣的，念書人也有這般火烈的性子，倒是不多見，就站起身來，準備出去看看，到底是個什麼樣的「念書人」。

雨墨急忙攔住顏查散：

「相公，千萬別多管閒事。」

可是來不及了，那位老兄已經向著站起來的顏查散說：

「老兄你評評理，這家店不給我吃，也不讓我住，是什麼意思嘛，是不是瞧不起咱們讀書人？」

顏查散覺得很有道理，就對那位老兄說：

「沒關係，我們一起吃飯；夜裡我們就將就著睡一間房吧！」

雨墨一聽，暗叫：「不妙！我們相公要上當嘍！」

才一眨眼，那人就在對面坐下了。

雨墨仔細的打量了那人，他頭上戴了一頂碎花的頭巾，身著一件藍衫，腳上穿的，則是一雙前後開口笑的破鞋子。

金懋叔：其實就是白玉堂，他爲了要暗中資助顏查散，才想出了這些方法來消遣顏查散，其實他是要做個行俠仗義的人，並在江湖上留名。

罈：釀酒用的容器，可以喝的時候，就整罈抱出來。

「老天爺！」雨墨嘆了一口氣：「這簡直是個無賴漢嘛！我們相公怎麼這麼倒楣，出來第一頓飯，就碰上了個來騙吃騙喝的。」

來人和顏查散互相請教了姓名，原來那人姓金，叫做懋叔，顏查散稱呼他「金兄」，金兄也稱呼顏查散「顏弟」。

金兄問顏查散吃過飯了沒？顏答：「尚未。」

於是金兄向小二一招手，說：

「我們要點菜，你把店裡上好的菜，上好的酒都拿來。記住，魚要活鯉魚，菜要八道，酒嘛！要一整罈子，不要一杯一杯的。」

店小二一見來客表現闊綽，立刻臉上堆滿了笑容，對金兄打躬作揖的說：

「大爺，您放心，完全照您的話去做。」

酒菜來了，一桌子的豐盛，自不在話下。雨墨看了非常心疼，只是一個勁兒的生悶氣。

兩人一邊吃菜，一邊喝酒，越談越投機，不過，畢竟點的菜太多了，吃不下。兩人叫雨墨多吃一點，雨墨越來越氣，就轉身回房間去了。

夜裡，金兄的呼聲震天，顏查散因爲喝了酒，也沈沈睡去。倒是雨墨，氣得整夜未眠，只想明日該怎麼對付這個無賴。

天亮了，金兄睜開眼睛，對雨墨說：

「叫小二拿帳單來。」

雨墨驚喜：「他竟然要付帳，看來，我昨天是錯看他了。」

只見小二拿了帳單來，上面寫著，食宿共十三兩四錢八分。

金兄說：「不多，不多。再加上小費二兩吧！」

店小二樂得眼睛瞇成一條縫走了。

金兄對顏查散說：

「賢弟，我也不鬧了，我們京中再見吧！我先走了。」然後穿著他的破鞋子，「他拉」「他拉」的走出店去了。

雨墨看呆了眼，顏查散叫雨墨：

「喂！拿銀子去付帳呀！」

雨墨賭氣似的去櫃臺，店小二竟然向雨墨要小費二兩，雨墨對店小二說：

「小費你個頭！」

一番拉扯，雨墨付了十四兩銀子，才和顏查散走出了飯館。

走到了村外無人之處，雨墨問顏查散：

「相公，您看那位姓金的，究竟是什麼樣的人？」

「喔！是個念書的好人吧！」顏查散回答。

雨墨說：

「相公沒出過門，不知路上有許多奸險，有騙吃騙喝的，有拐東西的，有設圈套害人的，奇奇怪怪多著呢！今天你拿他當個好人，將來勢必要上他的當。」

顏查散則不以為然的說：

「喂！小小年紀，竟然這樣批評別人，我倒不覺得金兄是個壞人。我看他長相斯文，又有英雄氣概，將來必非等閒之輩。吃飯事小，頂多多花一點銀子，有什麼大不了的？」

「唉！」雨墨嘆了一口氣，心想：眞是個書呆子啊！腦筋怎麼不轉彎呢？

走著走著，一天過去了，天色將暗，兩人進了興隆鎭，找了一家飯館住宿、吃飯。

剛坐下，店小二進來問顏查散：

「相公可是姓顏？」

雨墨詫異的回答：

「是呀！你怎麼知道？」

店小二說：

「外面有一位金相公，說要找您。」

顏查散說：

「快請，快請。」

書呆子：只會讀書，其他事都不知道的人。

白玉堂冒名金懋叔，故意開顏查散玩笑。

雨墨心想：「完了！完了！這個姓金的可是吃到甜頭了，又來騙吃、騙喝、騙住了。不行！不行！今天絕對不能讓他得逞。」

轉而又一想：今天一定要讓他去付帳，所以……所以……，對了！就吃和昨天一樣的，也讓他嘗嘗花十幾兩銀子的滋味。

於是迎上前去，對金懋叔說：

「金相公，眞巧呀！又遇到了，一起來吃飯吧！」

顏查散見雨墨態度改變，心中非常高興，就忙叫小二來。

雨墨搶著對小二說：

「你把店裡上好的菜，上好的酒都拿來。記住，魚要活鯉魚，菜要八道，酒嘛！要一整罈子，不要一杯一杯的。」完全是昨天的菜式。

夜裡睡覺時，也依然和昨天一樣，金兄呼聲震天，顏弟沈沈睡去，只有雨墨，因為盤算著無論如何要讓姓金的付帳，而輾轉反側，一夜不好眠。

天亮了，金兄睜開眼睛對雨墨說：

「你去叫小二把帳單拿來吧！」

小二來了，上面寫著十四兩六錢五分。雨墨對金兄說：

「金相公，這錢不多吧？外加小費二兩如何？」

金懋叔回答：

「當然可以。」

說完，又穿著他的破鞋「他拉」「他拉」的走出去了。

雨墨簡直看傻了眼，眞有這樣的人哪！白吃、白喝、白住，還這麼「大方」！

正要追上去，只聽見顏查散叫道：

「雨墨，去付帳吧！」

雨墨哭喪著臉對顏查散說：

「相公，錢不夠了呀，就是統統拿出來，還欠人家四兩，怎麼辦呀？」

「什麼？」顏查散大吃一驚：「沒錢了啊？」

「是啦！」雨墨憂愁的說：「我去鎮上當衣服好了！」

雨墨去了好一陣子，才回來，告訴顏查散：

「相公，衣服當了八兩，扣掉四兩，還有四兩，我們可要省著點花呀！再去當衣服，就沒得衣服穿了

當：貧困時把值錢的東西，拿去當鋪換取金錢使用，等有錢時再將器物贖回來。

呀！」

主僕二人一邊說，一邊又上了路。

又到了該投宿的時分。雨墨對顏查散說：

「我們選一家最小的店，一人吃飯只許花兩錢銀子，如何？」

顏查散笑著說：「都依你。」

兩人進了一家小店，才坐下，店小二進來說：

「外面有一位金相公，要找顏相公。」

雨墨說：

「好極了！這家店小，一人只能花兩錢銀子，他也撈不到什麼。」

只見金兄走進來，對著顏查散說：

「顏弟，我們眞是三生有幸哪！走到哪，就碰到哪，我們何不結拜成兄弟如何？」

雨墨聽了，心一涼，立刻上前對金懋叔說：「金相公，這家店小，辦不出什麼祭禮來，我看改天您二位再結拜吧！」

「沒關係，」金兄回答：「隔壁是個大店，要什麼有什麼，祭禮絕不成問題。」

雨墨暗想：「這傢伙眞是吃定我們了。」

誰知姓金的竟逕自呼喊店小二：

「你去叫隔壁大店裡的小二，準備我與顏相公要結拜的三牲祭禮，另外，今天我們要點的酒菜是要你們店裡最好的，魚要活鯉魚，菜要八道，酒嘛！要一整罈子，不要一杯一杯的。知道嗎？」

雨墨在旁，簡直說不出話來，只見金、顏兩人有說

三牲：祭拜時利用的三種肉類，通常是指牛、羊、豬，也有人用雞、魚、豬三種。

有笑的，好似親兄弟一般。

雨墨對自己說：「這次鐵定是完蛋了，明早我看他怎麼辦？」

不多久，三牲祭禮準備好了，二人序齒燒香，得知顏大金兩歲，兩人又「顏兄」「金弟」的換了稱呼。

酒菜也上來了。今天，雨墨決定大吃一頓，反正能樂多久就樂多久嘛！連小二，隔壁大店的小二也一併叫了來，大家夥暢飲了一晚。

這一晚，雨墨是完全豁出去了，反正，明天的事，明天再說吧！或許也是前兩晚沒睡好，雨墨竟是第一個睡著的。

第二天早晨，雨墨第一個醒來，心一驚，酒全醒了，連忙搖醒顏查散，小聲的對他說：

序齒：排年齡的順序，比年紀大小。

「相公，相公，你昨晚不該和他結拜的，你連他的底細一點都不了解，若出了事，豈不連累了你？」
顏查散喝住雨墨：
「不准亂說，如今他是我義弟了，我相信他，一定不會害我的。」
「那，昨晚吃飯所花的錢，該拿什麼去付呢？」雨墨又要哭了。
這時，金懋叔醒了過來，對雨墨說：
「去叫小二拿帳單來。」
雨墨暗道：「不好！他又要飛了。」
小二立刻拿著帳單來，連酒帶菜，加上三牲祭禮一共是十八兩三錢銀子。
雨墨對金懋叔說：「還要給小費？」

金懋叔說：

「當然要，隔壁大店給二兩，這邊小店給一兩，可以吧？」

說完便轉頭對顏查散說：

「仁兄……」

旁邊雨墨快要發抖了，心想：去哪裡變二十多兩銀子來呀！

誰知金懋叔下一句冒出來的話竟是：

「仁兄！你這次上京去投親，他們會收留你嗎？」

顏查散憂愁的說：

「我也在擔心這一點，因爲我們兩家多年未聯絡了，只怕姑媽不收留我咧！」

金懋叔好心的提醒顏查散：

「凡事還要多想一想才是。」

雨墨心想：奇了！結拜過就是不一樣，他開始關心起我們家相公了。

正想著的時候，外面走進來一個人，對著金懋叔磕頭說：

「老爺打發小的來，怕少爺路上缺錢用，叫我送四百兩銀子來，請少爺將就著用吧！」

金懋叔說：

「哪用得這麼多，留下兩百兩好了，剩下的帶回去。對了，還要麻煩你一件事——」

金懋叔轉頭對顏查散說：

「你在興隆鎮當衣服的票子呢？拿出來吧！」

顏查散心想：我當衣服他怎麼知道？

雨墨呆呆的從腰包裡掏出一張當票，遞給了金懋叔，。金懋叔又遞給了來人，並對他說：

「你去把它贖回來吧！」

金懋叔拿了兩錠銀子給雨墨，說：

「你這兩天辛苦了，可別再說我是無賴漢啦！」

金懋叔對顏查散說：

「這些銀子呢！你拿去買匹馬，買衣服，吃一些好吃的，剩下的，統統給你吧！」

「不要！不要！」顏查散不好意思收。

「沒有關係，我們不是兄弟嗎？」金懋叔對顏查散說：「你這一路上，需要用到錢的；到了你姑媽那兒，更是要用到錢，你就別再客氣了吧！我們京城見！」

說完，揮揮手，走出了店。

當票：去當鋪典當物品的憑據，將來就是憑此用金錢贖回物品。

這下子，雨墨非常高興，把銀子收好，精神百倍的對顏查散說：

「相公，我從來就沒有這麼輕鬆過。」

「好吧！讓你再輕鬆一點。」顏查散對雨墨說：

「我騎馬，你也騎頭驢子，我們就甭走路了吧！」

第九回　柳老賴婚記

顏查散和雨墨一路趕，終於到了姑父姑母家。

由於顏查散穿得很體面，又騎著一匹大白馬，姑父柳洪家的人，得到消息，馬上出來迎接。

柳洪是一個地主，爲人固執又吝嗇，他和顏查散的爸爸雖然是郎舅關係，但是一直水火不容。只因爲顏老做的是縣令，柳洪心想，將來一定會發跡的，所以才把自己的女兒金蟬，從小就許配給顏查散。

沒想到顏老爺縣令做了沒多久，就因病去世了，這

郎舅：指姊夫和小舅子的關係。

下，柳洪就後悔了，但是畢竟顏查散是太太的姪子，所以也不敢說什麼。

三年前，柳洪的太太也因病去世了，後來又娶了馮氏。馮氏是個面善心惡的婦人，每次柳洪一提到顏查散，馮氏就咳聲嘆氣的說：

「我說你嘛！那麼早就給金蟬訂了親做什麼？你看，那個顏查散，家裡那麼窮，有什麼好指望的？我看乾脆退婚算了。」

柳洪也跟著後悔，卻一直未採取行動。

馮氏有個姪子，叫做馮君衡，年齡和柳金蟬差不多，馮氏一直想把金蟬嫁給馮君衡，畢竟是自己的親姪子，做女婿比較放心。

馮氏常叫馮君衡在柳洪前面獻殷勤，但是無奈馮君衡長得其貌不揚，又不識字，所以柳洪也沒特別的喜歡他。

有一天，柳洪在房裡，忽然想到女兒也大了，顏查散那邊家道又中落了，女兒嫁過去，勢必要吃苦，怎麼辦呢？

正愁著的時候，有人進來通報：

「顏姑爺來了！」

柳洪正擔心顏查散是否很落魄時，來人報告說：

「姑爺穿著華麗的袍服，騎著高頭大馬，還帶著一個書僮哩！」

柳洪心想：

「一定是發了大財，前來娶親的。」

馬上叫家人快出來迎接顏姑爺。

姑爺：指小姐的丈夫或未婚夫。

柳洪親自到門口迎接，看到顏查散穿著簇新的衣服，長得一表人才，高高的騎在一匹白馬上，連身旁騎驢子的小書僮，都看起來聰明伶俐。

柳洪高興極了，連忙伸出雙手迎接，並說：

「歡迎！歡迎！咱們爺倆屋內聊。」

喝過了茶之後，顏查散聊到家道中落，此番前來，是奉母親之命來投親的，希望能住到這裡，準備明年的考試。

柳洪一聽，原來是想來白吃白住的，早知道，我就不在門口「歡迎」他了。但是人已進來，又不好攆他走，只是冷冷的對顏查散說：

「你就到後院去住吧！」

顏查散又說：

「姑媽呢？我一路來，還沒拜見她老人家呢！」

柳洪揮一揮說：

「她這幾天人不舒服，改天再說吧！」

說完，就逕自回房間去了，留下錯愕的顏查散和雨墨。

雨墨心想：還好金懋叔叫我們打點得像樣一點再來，否則，大概連這個門都進不來呢！說來，眞應該感謝金懋叔才對。

柳洪氣呼呼的回到了房間，妻子馮氏問他：

「相公，誰惹你生氣了？對了！外面鬧烘烘的，是不是有客人來了？」

「什麼客人！」柳洪生氣的說：「一個想白吃白喝，住到明年，再把我們家金蟬娶走的人——這不是叫我們人財兩失嗎？」

「啊！人來啦！」馮氏說：「相公你打算怎麼辦呢？」

「還能怎麼辦？」柳洪氣得牙癢癢的：「我叫他住到後院去了。另外再想辦法叫他退婚。」

「嗯！我看，先冷落他，我相信，不出十天，他包準要退婚。」馮氏倒滿有信心。

正在商討著要怎樣冷落顧查散時，正巧金蟬的乳母田氏，從窗外經過，知道了柳氏夫妻打算退婚這回事，田氏心想：「若退了婚，我們小姐的名譽豈不受了傷害，將來要嫁給誰？難道要嫁給馮君衡那個痞子嗎？真是可惜了我們小姐。」

「不行！不行！我得趕快告訴金蟬小姐去。」田氏

乳母：即奶媽，女主人產後若無法分泌乳汁，嬰兒即交給奶媽哺乳。

急忙衝到小姐房間去，一五一十的全說給了小姐聽。

「小姐，妳要趕快想辦法哇！」田氏著急的說。

金蟬憂愁的對田氏說：「我有什麼辦法可想呢？親娘已經去世了，沒有人幫我作主了呀！」

乳母田氏忽然想到了一計，對小姐說道：

「這兩天，我們寫張字條，叫繡紅拿去給顏公子，約他晚上在書房相會，把實情告訴顏公子，另外小姐送他一些積蓄，叫他另外先找地方安頓，等考上了功名，再回來娶小姐，老爺夫人就沒有理由再拒絕了。」

「不行！不行！」金蟬斷然拒絕：「叫我現在到書房去和他私會，這成何體統？」

丫鬟繡紅在一旁幫著田氏勸小姐，勸了好久，小姐才同意。

馮君衡這邊，由於一直追小姐追不到，如今情敵來了，更是緊張。所以一聽到消息，便馬上趕到了柳宅。一進門，就看到一匹大白馬栓在樹下，馮君衡忙問：「這是誰的馬？」

下人答道：「是顏姑爺的。」

馮君衡一聽，目瞪口呆，魂嚇掉了一半。趕快去書房，找到了柳洪，忙對他說：

「姑父，我想見見顏查散。」

「有什麼好見的，窮小子一個。」姑父很不耐煩的說。

「求求您啦！」馮君衡眞的很想見顏查散。同時心中忖度，如果他眞是一副窮兮兮的樣子，我可要好好的奚落他一頓。

柳洪央不過他，只好帶他去後院。

誰知馮君衡見了顏查散，衣著鮮亮，相貌堂堂，談吐又風雅，自己反倒是一句話也說不出來。

柳洪在旁邊看著這兩人，論相貌，論才學，顏查散是強得太多了，但就差在家道窮，總歸是怕女兒吃苦哇！

馮君衡回來之後，對著鏡子看半天，然後自言自語的說：

「爲什麼人家就長得那麼好呢?爲什麼我就長得這麼差呢？」

自怨自艾了一番後，又酸溜溜的說：

「他也是一個人，我也是一個人，誰怕誰呀！」

第二天一早，馮君衡又上柳家來，一進門就直奔後院，他要再找顏查散聊聊，探一探虛實。

由於馮君衡沒讀過幾天書，肚子裡沒有什麼墨水，和飽讀詩書的顏查散聊天，簡直無從聊起。

兩人東扯一句，西扯一句的，馮君衡忽然看到顏查散手中拿著一把扇子，便對顏查散說：

「顏大哥，你的扇子很好看啊！這上面的圖是你畫的吧？你可不可以幫我的扇子也畫上好看的圖呢？求求你啦！」

「我畫得不好，我看算了吧！」顏查散不願意幫馮君衡畫扇子。

「顏大哥，眞的拜託啦！我眞的很敬佩你的才學呀！」馮君衡苦苦哀求。

「唉！好吧！」顏查散禁不過他的懇求，只好同意

扇子：古時的讀書人，習慣手中拿一把扇子，一來驅趕蚊蠅比較風雅，二來扇子上的詩詞書畫，亦可襯托儒者的身分。

了。

「那我先把你的扇子借去，等你把我扇子畫好了，我再拿回來跟你換。」馮君衡一把拿走了顏查散的扇子，留下自己的扇子，走了。

回去之後，馮君衡思前想後，看這顏查散一表人才，又有學問，表妹金蟬肯定是會跟顏查散了。這可怎麼辦呢？看看，得先除掉顏查散才行。

就這樣，想過來，想過去，馮君衡一夜沒有闔眼，天一亮，吃過早飯，馮君衡又來到姑媽家的後院。

馮君衡經過花園的時候，看到丫鬟繡紅匆匆忙忙的也來到花園，並且從後院方向過來。

馮君衡覺得很奇怪，便問繡紅：

「妳到這兒來做什麼？」

繡紅回答：「我來幫小姐採花。」

「花呢？」馮君衡問：「怎麼妳兩手空空呢？」

「還沒開呀！」繡紅反應很快：「喂！這是我們柳家花園，又不是你們馮家花園，你多管什麼閒事？」

馮君衡被一個丫鬟衝了幾句，氣得不得了，心中越想越不對，事有蹊蹺，趕快去後院顏查散房間瞧瞧吧！

一進門，看見顏查散手中拿著一張字條，正要打開來看。顏查散抬頭看到馮君衡走進來，連忙把字條匆匆夾進一本書裡，但是沒夾好，露出了一個角兒。

馮君衡很想偷看那張字條，就想了一個法子，騙顏查散說：

「顏大哥，我想向你借本書看，好嗎？」

顏查散說：「你想讀書，很好哇！」

說完，就轉身去書架上，打算找一本比較淺的書，給馮君衡看，剛剛那本夾了字條的書，就放在桌上。

趁著這個當兒，馮君衡趕快走到顏查散書桌旁，抽出了那張紙條，迅速的塞進口袋裡。然後假裝沒事的問顏查散說：

「我要看輕鬆、好看的小說哦！你可別找一本太深的，我會看不懂。」

顏查散找了一本書，拿給馮君衡看，馮君衡道了謝就走了。

馮君衡溜到書房，偷偷打開字條一看，嚇得呆在那裡。暗想：這還了得，原來金蟬在今夜和姓顏的，不僅要私會，而且金蟬還要送銀子給姓顏的。真是太不像話了！姓顏的怎麼這麼走運呀？對了！剛才繡紅一定是來送紙條的。

「不行！」馮君衡非常著急：「我一定要阻止這件事，不然，今晚他們若見了面，小姐一定死心塌地的跟著顏查散。我的一切希望，不就落空了嗎？」

「這張字條，就是最好的證據，哈哈！天助我也。」馮君衡樂得笑出了聲音。

金蟬這邊，已暗中打點好了銀子，還有一些衣服、首飾，但是，東西是準備好了，就是人有點不敢去。

「去嘛！小姐。」繡紅勸她。

幾經琢磨，金蟬決定還是先派繡紅去，把衣服、銀子等東西交給顏姑爺。

半夜時分，繡紅帶著東西，躡手躡腳的來到了書房，剛進門，卻看到裡面坐著個人。

就著月光，繡紅打量眼前的這個人，外形不像姑爺，繡紅警覺的問：「你是誰？」

那人說：「我是顏查散。」

繡紅一聽，不是姑爺的聲音，有問題！正拔腳要跑。不料那人猛撲過來，繡紅大叫：「有賊呀！」

馮君衡急得想捂繡紅的嘴，沒想到力道太大，把繡紅壓倒在地上，這一壓，竟然把繡紅給壓死了。衣服、銀兩也散在地上。

馮君衡見闖了大禍了，趕快把衣服和銀兩撿了起來，又把顏查散的扇子和小姐的字條，丟在繡紅身旁，然後溜之大吉。

小姐和乳母田氏，在樓上等得好著急，正奇怪繡紅怎麼去了那麼久還不回來。這時，打更的人，走到書房時，忽見地上躺著個人，一時慌得大喊：

「出人命啦！出人命啦！」

一邊跑到柳老爺的房間猛敲門。

乳母田氏聽到聲音，下樓一看，繡紅竟然無端斃命，頓時魂飛天外，立刻上樓奔告小姐。這時，柳洪、馮氏、僕人、丫鬟，都帶著火把趕來了。

柳洪一看，地上躺著的是繡紅，旁邊掉了一把扇子，柳洪撿起一看，是顏查散的扇子。又瞧見地上有張字條，打開一看，立刻血氣衝到腦門。

馮氏把字條接過去一看，立刻說：

「相公，這一定是繡紅搞的鬼，她的字和小姐的字跡很像，一定是她寫的，金蟬一定不知道。只是奇怪，顏查散把衣服、銀錢拿走就算了，幹嘛害死繡紅呢？」

火把：古時候沒有電燈，也沒有手電筒，夜間在室內是點蠟燭，室外行走則點火把。

這時小姐和田氏也來了。小姐只是一個勁兒的哭，一句話也不說。

馮氏對柳洪說：

「顏查散殺了人，一定要償命，相公，你一定要去官府告他。」

可憐的顏查散，在睡夢中胡裡胡塗變成了殺人犯，自己都不知道。幸好雨墨機靈，在一旁把這一切都看清楚了，天亮之後，一五一十的告訴了主人。

柳洪上縣衙門告顏查散了，縣尹立刻升堂，叫人把顏查散逮捕到案，並帶上堂來。

縣尹一看帶上來的「殺人犯」，竟是一個斯文、秀氣，相貌堂堂的讀書人，便覺得奇怪，然後問他：

「顏查散，你爲什麼要殺害丫鬟繡紅？」

顏查散的回答就更奇怪了：

「因爲繡紅不聽我的使喚，常常抗命，又愛和我頂嘴，昨天她又出口罵我，我氣不過，就把她打死了。請大人趕快結案，將我處死吧！」

奇了！奇了！從來只見矢口否認行凶的，一口承當，還要我趕快把他處死的，倒還沒見過。我看，這其中一定有隱情，要不然，就是他瘋了，口出亂言。我一定要把這件事查清楚。

縣尹吩咐把顏查散先關進牢房，然後宣布改日再審後，就退了堂。

其實這個顏查散，並不是瘋了，而是，他害怕若說出實情，小姐的名譽就毀了，所以，寧願犧牲自己。

柳洪和馮氏一聽說顏查散招了，非常高興，倒是苦了小姐。金蟬小姐思前想後，都是自己害了姑爺，如今姑爺既已當堂招認，日後可能凶多吉少。此生想來是無望和姑爺結爲連理了……金蟬越想越難過，便支開田氏，在臥房裡上吊自殺了。

田氏不久端了茶回來，見小姐自殺了，嚇得雙腿發軟，跌跌撞撞的跑去通知柳老爺。柳老爺和馮氏立刻衝到了小姐房間，救下了小姐，一探鼻息，小姐的呼吸已經停止。

馮氏哭著怪柳洪：

「都是你這個老烏龜，你要了你女兒的命了！那一個才送去坐牢，這一個又喪了命。要是傳出去，有多丟臉哪！」

柳洪忽然覺悟：

結為連理：即結爲夫婦之意，語出長恨歌：「在天願做比翼鳥，在地願爲連理枝。」連理枝指兩棵枝條相連結的樹。

「還好你提醒了我，這樣吧！金蟬的後事趕快辦。就對外人說，金蟬忽然得了重病，必須先抬個棺材來沖喜。其實，我們就暗中把小姐入殮算了吧。」

於是，大家依計而行，馮氏與乳母田氏，將小姐穿戴整齊，並放了許多首飾在棺材內，就把棺木停放在花園裡，並將通往花園的門鎖好。

柳家有個老僕，叫做牛三，雙目失明，因在柳家工作多年，柳洪便給他一個「看守花園」的輕鬆工作。他的兒子牛驢子，是個好吃懶做的小混混，從沒有一天正正經經、本本分分的做事。

這天，小姐的棺木停放在後花園裡，牛驢子知道棺木放有許多值錢的首飾，便起了偷盜之心。

半夜，牛驢子帶著斧頭，溜進了花園裡。

牛驢子原本潛入後花園行竊，沒想到卻碰上了還魂的小姐。

還魂：人死後又醒了過來之意，以今日之說法，可能只是心臟暫時停止後又恢復了跳動，並非眞正的死亡。

牛驢子到了小姐棺木之前，劈哩啪啦的把棺蓋劈開了。誰知這時，光線晦暗中，棺裡的小姐忽然坐了起來，並對牛驢子說：「謝謝了。」

牛驢子嚇得一屁股坐在地上，心想：莫非小姐又還魂了？那怎麼辦？我的寶物還沒到手哩！乾脆我再把小姐掐死算了。

正要舉起雙手時，忽然一個東西飛過來，打在他的左手上，痛得牛驢子「哎喲！」「哎喲！」直叫。

只見花園假石後方，出來了一個人，穿著夜行衣，

牛驢子心想：不妙。

正要逃跑之時，那人一腳就把牛驢子勾倒在地上。

牛驢子喊道：「爺爺饒命。」

那人把牛驢子按到地上，對牛驢子說：

「快說！棺木裡的人是誰？」

「是……」牛驢子喘著氣說：「是我們家小姐。」

「你們家小姐？」來人吃驚的說：「你們家小姐是怎麼死的？」

牛驢子說：

「因爲顏姑爺當堂招認殺死了繡紅，我家小姐就傷心的上吊自殺了。」

來人對牛驢子說：

「你本念貪財，還可以饒恕；但是你後來竟又想掐死小姐，就太可惡了。」

於是一刀刺死了牛驢子。

這個行俠仗義的人，就是化名金懋叔的白玉堂，他自從贈送顏查散一些銀兩，叫他打扮體面的來投親之後，便非常關心他的行蹤。
最近，白玉堂聽說顏查散被關起來了，趕緊前來打探消息。沒想到小姐竟自殺死了……。
白玉堂見小姐悠然醒來，便對著內廳高聲叫道：
「快來人哪！你們家小姐還魂嘍！」
說完，就飛上屋瓦，走了。
衆人聽說小姐又活了過來，都驚喜的奔到了花園，馮氏和田氏連忙扶起小姐，田氏把虛弱的小姐背回了房間，給她喝下了薑湯，小姐這才回過神來。
棺木旁邊，有人發現死了一個人，仔細一看，原來是牛驢子，大家都認爲，他是想盜棺，才被人殺死的，但是誰殺他的呢？衆人不解。
在監牢那邊，由於有了機靈的雨墨奔走，顏查散還

薑湯：用老薑熬成的湯，有促進血液循環的功效。

不至於吃什麼苦頭。有一天，當值的人帶著一位頭戴武生巾，身穿華服的人進來。雨墨看他很像金懋叔，卻不敢認。

來人對雨墨說：

「我叫白玉堂，你們家相公還好嗎？」

雨墨至此才確定，原來金懋叔就是白玉堂，想到以前白玉堂救濟他主僕二人，又想到主人和白玉堂的感情，便淚如雨下。

白玉堂和顏查散見了面，見顏查散並無憂戚的神色，便打心底佩服顏查散。

白玉堂對顏查散說：

「你我交情匪淺，這究竟怎麼一回事，請你告訴我吧！」

顏查散見白玉堂很有誠意，便將投親之後，繡紅交給字條，被他弄丟之後……發生的事情，原原本本告訴了白玉堂，並對白玉堂說：

「爲了不讓金蟬小姐的名譽受到傷害，我寧願被判處死刑。」

「那麼，」白玉堂慎重的對顏查散說：「你就不管你母親了嗎？」

「啊！母親。」顏查散想到了母親，眼淚爬滿了雙頰。但事已至今，只有捨棄親情。

顏查散對白玉堂說：

「愚兄死後，還請賢弟多多照顧我母親，這樣我才能瞑目。」

白玉堂很不以爲然，說：

「並不是任何事情，都只有一條路可以走，凡事要多想想。聽說開封府的包公，判案如神，你何不去向他申冤呢？」

「這怎麼成？」顏查散說：「我是自己承認的，怎麼如今又去申冤呢？」

「你可以向包公說明詳情呀！說不定事有轉機嘛！」白玉堂不死心。

「不行！不行！」顏查散簡直就是槓子頭，聽不進別人的勸。

白玉堂見顏查散這麼固執，便另外打算。他對顏查散說：「你的雨墨借我幾天行不行？」

顏查散說：「去吧！借幾天都行。」

雨墨跟著白玉堂來到外面，白玉堂問雨墨：

槓子頭：一種用麵粉或雜糧做成的餅，其硬無比，比喻人的個性強硬。

「聰明的你，知道我找你出來做什麼嗎？」
「當然知道！」雨墨笑笑說：「是要我去向包大人訴冤是吧？」
白玉堂拍拍雨墨的肩膀說：
「好一個機靈的孩子，你們家主人的命，就全靠你嘍！」
就在這天晚上，在開封府裡包公的桌子上，出現了一把刀，下面壓著一張紙，上面寫著「顏查散冤」四個大字。
第二天，包公上朝回來，路上忽然從人叢中跑出了一個少年，跪在包公乘坐的轎子前，頻頻喊冤。
包公傳喚左右，把那個少年帶到公堂上。
包公問雨墨有什麼冤情。

雨墨把情形陳述一遍，包公知道了大概，便傳喚顏查散和相關證人，有柳洪、馮氏、乳母田氏和馮君衡等人。

包公問柳洪：

「你怎麼確定繡紅是顏查散殺的呢？」

柳洪回答：

「因爲身旁有他掉落的扇子，不是他還會是誰？」

雨墨便補充說明是馮君衡爲了要顏查散在扇子上題字，便和主人換了扇子。

「哦！」包公心中有了譜，便轉問顏查散：

「你是什麼時候從後院到書房的？走哪條路？如何殺死繡紅？她倒在哪裡？」

「我……我……」顏查散如何說得出來。

高堂：指父母。

「相公，」雨墨在一旁哭著對顏查散說：「已經到了這個時候，您還不說實話，就是眞的不顧家中的高堂老母了。」

顏查散一聽到母親，不禁哭了出來。

包公又問顏：

「字條上既然約了你，爲什麼你不赴約呢？」

顏查散回答說：

「就是錯在當時馮君衡來找我，我把字條一塞，後來就找不到了。」

包公立刻傳帶上馮君衡。

包公對馮君衡說：

「我已經知道你幹的好事了，你就全招了吧！」

馮君衡還想狡賴：

「我沒有啊！」

包公喊：「用刑。」說完左右抬出刑具。

馮君衡一看刑具，嚇得屁滾尿流，說：

「好，我招，我招。」

馮君衡害怕之餘，全托盤而出。當然，也得到了他該得的懲罰——殺人償命，被處了死刑。

包公鍘了馮君衡，又對柳洪說：

「你要好好讓顏查散安心準備考試，知道嗎？」

包公又對顏查散說：

「讀書要明大義，可不能爲了全小節而失大義，你今後就好好讀書吧！別辜負了雨墨一片護主之心！還有，明年不管考得取，考不取，千萬記得要和小姐完婚，知道嗎？」

顏查散恭敬的向包大人一叩頭，說：

「我完全明白，我會照著您的吩咐去做，謝謝青天大老爺的恩賜！」

第十回　五鼠鬧東京

展昭回到開封府之後，大家夥給他接風洗塵，一連熱鬧了幾天，但是每天夜裡，展昭都在防範有什麼動靜。因爲他已經從包興那裡聽說了顏查散這個案子，他很好奇，究竟是誰在包公的桌子上留刀子。

包公當然也很好奇這位留刀子的人，二人左思右想，都猜是白玉堂。回到住所，大家又聊到了白玉堂，忽然公孫策猛然大喊一聲：

「我知道了，白玉堂是來找展爺的。」

「找我？我和他無冤無仇呀！」

公孫策說：

「展爺你想，他們五個人，合稱五鼠，你卻號稱御貓，所以才要找你挑一挑囉！」

趙虎生氣的說：

「御貓這個名號是皇上賜給的，怎麼能改呢？他這個『白糖』，如果來了，我就燒一壺開水，把他沖成糖水喝！」

才說完，只聽到「啪！」的一聲，從外面飛進來一個東西，把趙虎的酒杯打到地上，頓時摔個粉碎。

展昭立刻吹燈，脱外衣，拿寶劍，以迅雷不及掩耳的速度拿劍假裝推窗，沒想到又「啪！」的一聲，一個東西打在窗上。

展昭推窗躥出，只覺迎面一陣寒風，「嗖！」的一聲，利刃迎空而下。展昭舉劍接招，月光下，展昭看見來人穿著青色的夜行衣褲，腳步伶俐。

展昭和那人你來我往的「砍」了一陣，忽然展昭「鏘」的一聲，把對方寶劍一切兩半。對方「咻！」的一聲上了牆頭，展昭跟上；那人又「咻！」的一聲上了瓦房。

展昭怕有暗器，一遲疑，才閃過一顆石子，那人就不見了。

這時，王朝、馬漢、張龍、趙虎等人帶著火把和武器來了，不過，因爲人跑了，所以無功而返。

展昭和公孫策連夜報告了包公這件事情，包公囑咐大家要小心防範，說對方一定會有下一步行動。

在陷空島的盧家莊那邊，自從白玉堂離開後，算算也兩個月了，什麼音訊也沒有。一天，鑽天鼠盧方，正和徹地鼠韓彰、穿山鼠徐慶、翻江鼠蔣平一起討論五弟錦毛鼠白玉堂的事情，大家都爭著要去找五弟，經過一番討論，盧方決定，讓二弟、三弟、四弟一起去找五弟，人多比較放心一點。

而白玉堂在開封府，和展昭比過武之後，暗想：「他的武功的確不錯，不過，我也不差呀！爲什麼皇上只賞識他，而不賞識我呢？

看來，我得做幾件轟轟烈烈的事，好讓聖上認識認識才是。看看到底是貓好，還是老鼠好？」

想完，白玉堂就直闖禁地——皇宮內苑了！

在內苑的萬壽山裡，有個總管，叫做郭安，是郭槐

內苑：皇城裡有許多大小不等，重要性不一的區域，最靠近核心，也就是最靠近皇帝的區域，叫做內苑，防守非常嚴密。

的姪子。自從郭槐被處死之後，他就非常痛恨陳琳，一直想爲叔叔報仇。

郭安弄來了一把神祕的茶壺，這把茶壺有兩個口，壺底有機關，按住左邊，水就從右邊的嘴流出來；按住右邊，水就從左邊的嘴流出來。當然啦！裡面是分別裝著水和毒藥的兩個空間。

郭安派小太監何常喜去送張帖子給陳琳，約他在湖畔喝「茶」賞月。何常喜才走過湖邊柳樹下，忽然冒出一個人，手中拿著刀，恐嚇他：

「你要亂叫，我就砍你，我現在把你綁在樹下，明天被人發現，送到了開封府，你可要一切實說。」

說完，就把何常喜綁在樹下，還在他嘴裡塞了一塊布。

郭安還在等何常喜回音呢，忽然聽見有動靜，出來一看，就莫名其妙的被一刀殺死了。

有人看到了，向都堂陳琳報告，陳琳又向皇上報告，說內苑來了刺客，刺死了郭安，還綁住了小太監何常喜。

皇上說：「這件案子，就交給開封府來審理吧！我正好要去忠烈祠上香，你也一起去吧！」

陳琳陪著皇上來到了忠烈祠，皇上上完了香，不經意仰頭一看，卻看到高高的牆上寫了一行字：「忠烈保君王，哀哉杖下亡，芳名垂不朽，博得一爐香。」

聖上覺得很奇怪，便問陳琳：

「這首詩是誰寫的？」

陳琳回答：「不知道，昨天打掃的時候還沒有

忠烈祠：祭祠為國捐軀忠烈義士們的地方。

呀！」

皇上說：

「有問題，你想想，牆那麼高，寫字的人是怎麼登上去的呢？一定是一個武功非常高強的人做的。加上今天內苑鬧刺客，這個刺客武功一定是很好，不然怎麼進得來，又怎麼得手的呢？」

皇上又說：

「我看，這兩件事一定是同一個人做的！趕快叫包卿來查一查吧！」

包公來了之後，問過小太監何常喜刺客的形貌、動作等，便猜刺客是白玉堂。第二天，包公稟明了聖上，刺客可能是白玉堂，並報告小太監何常喜供出的郭安打算下毒害死陳琳的事。

皇上說：

「哦！這人雖然形跡詭異，但是能明辨善惡，倒是一位俠士嘍！嗯，你們趕快找到這個叫白玉堂的人來！我想見見他。」

這件事過了沒多久，正好是龐太師的壽辰，大家給龐太師過壽，非常熱鬧。

酒過三巡，龐太師喝得醉醺醺的，回到所住的水晶樓，打算找愛妾姹紫和嫣紅聊天。沒想到，醉眼矇矓中看到房內有兩人，一男一女正在嬉鬧。

男的說：

「現在老賊不在，眞是個好機會。」

女的說：

「這個老賊，不管他了。」

龐太師氣得雙手發抖，不管三七二十一，拿起身邊的劍，就「咻！咻！」兩聲，把兩人殺了。

龐太師仔細一看，「哎呀！」這兩人是姹紫和嫣紅呀！她兩人大概是假扮情侶，在玩什麼遊戲，卻莫名其妙的被龐太師殺死了。

龐太師慌亂之中，找來他的得意門生廖天成，叫廖天成幫他出個主意。

廖天成知道龐太師與包公不合，便打算把這件命案賴到包公身上，廖天成對龐太師說：

「太師何不乾脆寫個摺子，就說姹紫、嫣紅二人是包黑子殺的，如此即可把包拯扳到，豈不痛快！」

「好！好！好！只要能把那姓包的整倒，摺子怎麼寫都可以。」龐太師大樂。

正當廖天成揮筆疾書的時候，忽聽門外「劈哩啪啦」有爆竹響聲。兩人趕快出門一探，門口的茶童對兩人說：

「有一個……人，拿……拿著刀，往竹……竹林裡……去了。」

龐太師和廖天成追了一會兒，什麼也沒看到，便回房裡。

「糟了！會不會中了調虎離山之計了。」廖天成衝到桌邊，拿起奏摺仔細看了看，「還好！沒事。」

龐太師看了，非常高興，對廖天成說：

「你眞是個細心的人。」

第二天，龐太師和廖天成一早就去見聖上，把摺子呈給皇上看。

皇上打開摺子一看，怎麼又是告包拯的呀！原來包龐二人不合，龐太師已經上了多次告包公的狀啦！

聖上看著看著，忽然發現摺子背後露出一個小紙條的角兒，拉出一看，上面寫了十八個字：

「可笑可笑，誤殺反誤告；胡鬧胡鬧，老龐害老包。」

皇上心想：

「咦！這個字跡好眼熟，對了！就是在忠烈祠高牆上題詩的那個人嘛！怎麼包卿還沒有把他找到呢？」

轉眼又過了新春，一個二月天，王朝和馬漢商議：「聖上要找的人，我們一直找不到，我看，今天天氣不錯，我們出城去瞧瞧吧！」

「好呀！我們換便服去。」說完兩人便出發了。

開廟日：遇到奉祀神明有生日等慶典時，寺廟都會廣開大門，以給香客朝供、慶祝之用。

王朝和馬漢來到了花神廟，今日正是開廟日，來了好多人，熱鬧得不得了。

在廟的後方，有一塊空地，搭著一個棚子，裡面擺著許多兵器，旁邊坐著一個人。王朝、馬漢一打聽，原來這人是已故威烈侯的外甥嚴奇，是個惡霸，外號花花太歲。

這時，忽聽到有個女子在哭喊：

「你們這夥強盜，光天化日之下，竟然搶人家女子……。」

又看到嚴奇的手下正在拉扯這名女子。

情況正危急的時候，忽然人群中冒出了一個身材高大，面孔紫紅，有著黑黑鬍鬚，軍官打扮的人。

嚴奇的手下對那軍官說：

「朋友，勸你少管閒事。」

軍官回答：

「天下人管天下事，有什麼管不得的？」

忽然那女子喊到：

「軍爺救命！」

嚴奇手下正要打那女子，不料軍官手一揮，便打倒了幾個人。被打倒的人，忙不迭的跑去通報嚴奇。

嚴奇過來，沒說兩句，就動起拳腳。這嚴奇自以爲有兩把刷子，誰知人外有人，天外有天，三兩下便被軍官摔倒在地上。

手下找來一根木棍，當頭對軍官打下，軍官一閃，木棍打在嚴奇頭上，登時就把嚴奇給打死了。

「打死人了！打死人了！」嚴奇手下亂喊，企圖嫁禍給軍官。

王朝、馬漢立刻挺身而出，指著用木棍把嚴奇打死的人說：

「是你打死人的，爲何要賴給別人？」

拿木棍的人說：

「我史丹不是好惹的，你們誰敢來抓我？」

衆人嚇得倒退，只見王朝手一掠，就把木棍拿到手，馬漢順勢把史丹按在地上。這時保甲走了過來，兩人對保甲說：「把他抓走，我們親眼看見他打死人。」

王朝和馬漢回到開封府，把這事說給展昭和公孫策聽。展昭問：

「這個軍官的外貌如何？」

王朝馬漢描述了一下。

王朝、馬漢用木棍將史丹按在地上，制止他逃脫。

展昭心想：「一定是陷空島盧家莊的大哥——鑽天鼠盧方來了！」

沒多久，保甲押著史丹，軍官也跟來了。展昭一看，這位軍官果然是盧方，便趕快上前迎接。

盧方見展昭氣度非凡，和藹謙虛，便暗忖：五弟白玉堂眞不該上京來找展昭的麻煩的。

一會兒之後，包公升堂，要審案子了。王朝喊：「盧方帶到。」

包公大喝一聲：

「這是盧義士，不必下跪，有話站著說。」

經過一番查證，包公對盧方說：

「你行俠仗義，經過情形我已都了解，你不必多想，嚴奇自有史丹抵命。另外我要問你，爲什麼要從陷空島來到這裡？白玉堂現在何處？」

盧方回答：

「我原本是讓韓彰、徐慶和蔣平三個人，來這兒找尋五弟白玉堂的，誰知他們三人幾個月來毫無音訊，所以我只好親自來找他們四人了。」

包公對盧方說：

「我也不瞞你，令弟白玉堂已經在京裡做出了幾件轟轟烈烈的事兒，連聖上都要見他，你肯幫我找到白玉堂嗎？」

盧方允諾找人，並說：

「三天之內，不管找到了人，沒找到人，都會回來報告。」

說完，盧方便出去了。

盧方離開開封府時，已是黃昏時分，路上忽然遇見剛剛在花神廟走失的僕人，僕人告訴他，遇見了韓彰的手下，說韓彰和白玉堂正住在龐太師花園的後樓——文光樓。

盧方趁著月色，來到了文光樓。只見到白玉堂一人，盧方問白玉堂：「其他三人呢？」

白玉堂著急的說：

「二哥、三哥和四哥聽說你把人打死了，急得上開封府去了。」

盧方大吃一驚，心想：「這三個人一出去，一定會惹事，唉！眞是擔心。」

那麼，韓彰、蔣平和徐慶還眞是被大哥盧方料準了。三人到了開封府，見內外防範非常嚴密，就飛牆上了屋頂。

剛到廚房上面，恰巧包公正在倒茶，一抬頭，看見屋頂有人，不覺失聲叫出：

「房子上面有人！」

展昭聞聲而來，拔出寶劍，「咻！」的一聲，躥上了屋頂，立刻出手一支袖箭，射中了一個人，那人「咚」的一聲，掉到地上。

王朝、馬漢、張龍、趙虎四人趕來，把掉在地上的人迅速綁了起來。展昭繼續追其他的人，沒想到屋頂上一人把手一揮，一縷寒光射來。

展昭知道是暗器，立刻低頭。寒光射向馬漢，馬漢肩膀中箭了！

展昭繼續再追，不料一眨眼的工夫，一個人影也沒有了。

被綁的人，帶到了屋內，包公問他：

「你是什麼人，三更半夜跑來這裡做什麼？」

那人回答：

「我是穿山鼠徐慶，這趟是專程來救大哥盧方的。」說完，伸手拔出所中的袖箭，展昭把袖箭接過去。

徐慶對展昭說：

「你這個箭，不及我二哥的弩箭，他的箭上有毒，被射中的人，是會有生命危險的。」

說完，看著馬漢的肩膀。

包公問徐慶：「你有解藥嗎？」

徐慶回答：

弩箭：非一般用手射出的箭，而是一種用機關施放的弓箭。

「有哇！二哥帶在身上，從不給人的！」

徐慶接著又問：

「我大哥呢？怎麼沒看到人？」

包公笑笑說：

「根本沒抓他，他昨晚就走了。」

徐慶高興的直說：

「包大人眞是明察是非的青天老爺呀！好吧！我現在就去找我大哥去。」

正說著，大哥盧方帶著蔣平來了。原來，蔣平和韓彰二人從屋頂逃走之後，回到文光樓，見到盧方和白玉堂。

盧方勸白玉堂別鬧了，白玉堂說：

「你是受了什麼好處？要我去向展昭認輸？」

盧方氣得出了文光樓。蔣平過來勸，盧方就把他一起帶來了開封府。

包公見他們個個義薄雲天，非常讚賞。包公對盧方說：

「馬漢中了箭，聽說你二弟韓彰身上有解藥，能否一救馬漢的命？」

盧方正要回頭找韓彰，蔣平攔住盧方，對盧方說：「大哥，如果你當著五弟的面，向他要解藥，他是一定不會給的，這樣好了，我來用個小計，先把藥騙來，再把二哥支開，剩下五弟一人，孤掌難鳴，他就沒辦法了。好不好？」

盧方當然同意蔣平的話。蔣平回到了文光樓，對韓彰和白玉堂說：

「三哥中了毒箭了，大哥把他背到前面樹林子裡，就走不動路了，請二哥給我解藥吧！」

韓彰把裝著解藥的小荷包遞給了蔣平，蔣平立刻摸出藥丸，只有兩顆。然後立刻咬下自己衣服上的兩顆扣子，用一張字條包著，塞回荷包，還給韓彰。

蔣平回到了開封府，解藥給馬漢服下；而韓彰則到樹林子裡去找人，什麼人也沒找到，回到了文光樓，對白玉堂說：

「這事有點怪。」

說完，伸手一摸荷包，不對！沒有藥丸，掉包成了鈕扣，還有張字條，字條上是大哥盧方簽的名，上面寫著叫韓彰絆住白玉堂，好擒住白玉堂。

白玉堂看了字條，對韓彰說：

「二哥，你就把我綁了，送開封府吧！」

韓彰忙對白玉堂說：

「五弟你別這樣說，我不會綁你的，但是我也沒辦法幫你，我走了。」

說完，就出門去了。第二天，白玉堂也離開了文光樓，誰也不知道他上哪兒去了。

從此以後，白天是王朝、馬漢、張龍、趙虎巡查，夜裡則是展昭帶著韓彰、徐慶和蔣平三人祕搜，爲的都是要——尋找白玉堂。

第十一回　金殿試藝三鼠封官

有一天，包公向聖上請安，聖上問到包公正在訪查的那個人，到底有眉目沒有。

包公回答：

「那個叫白玉堂的人，雖然到現在還沒有找到，但是和他同夥的三個人，已經自己投案了，他們是住在陷空島內盧家莊的五鼠。」

「什麼是五鼠？」皇上很疑惑。

包公恭敬的稟明聖上：

「五鼠是他們五個人的綽號。老大是鑽天鼠盧方，老二是徹地鼠韓彰，老三是穿山鼠徐慶，老四是翻江鼠蔣平，老五是錦毛鼠白玉堂。

現在只有韓彰和白玉堂不知去向，其他的人都在我衙門裡面。」

皇上說：

「既然他們三個在，明天就把他們帶來，給我瞧瞧，我要親自在壽山福海來審他們。」

包公心裡明白，皇帝才不是要「審」他們呢！而是要親自看看他們的本領。

包公回去後，告訴三人，明日要去壽山福海見皇上，同時也叫展昭和公孫策一起去。

第二天，三人穿上囚犯的衣服，出發往宮裡去了。

壽山福海：皇宮內的人工假山和人工湖，做風景之用。

包興悄悄的告訴盧方，不要害怕，皇上問話的時候，要據實以答。

到了壽山福海，只見宮殿閣樓金碧輝煌，丹墀上面，文武百官並列，非常壯觀。這時忽聽鐘聲響起，一對對提爐引導皇上進入寶殿。

四周肅靜無聲，只見包公捧著一本奏摺，跪在丹墀前。皇帝宣：「帶盧方、徐慶、蔣平三人。」

御前侍衛將三人架上了丹墀，不管是什麼英雄好漢，見到此等情景，沒有不害怕的。三人跪在地上，皇上問盧方：「你住在哪裡？做些什麼事情？來開封府幹什麼？」盧方一一據實以答。

最後，盧方對皇上說：

「罪民因小弟白玉堂年輕無知，惹下滔天大禍，這

丹墀：爲了表演所搭的臺架，有如今日國慶時之閱兵臺。

都是罪民平日沒有好好教導小弟，才發生這些事情，懇請皇上治我重罪，以彌補小弟之過。」

皇上看到盧方甘願爲小弟白玉堂認罪，覺得他是個非常講義氣的人，心中很是高興。

這時，旁邊忠烈祠旗桿上的黃旗子，被風吹得嘩啦啦的亂響，有一根飄著的帶子，裹住了滑車。

皇上靈機一動，對盧方説：

「你看那邊有根帶子，纏到滑車了，你能去把它解開嗎？」

盧方轉頭一看，回皇上：

「我盡力做做看。」

説完，便脱去外衣，挽起袖子，將身一縱，夾住桿子，有如猿猴上樹一般，「蹭蹭蹭」的爬到旗桿頂上去

滑車：把旗子升到桿頂的軌道。

了。

盧方用雙腿盤住旗桿，空手去解纏繞著的帶子，順便滑車上的帶子，也解了下來。忽然他伸出一腿，只用一腿夾住旗桿，將身子平著，一伸手，在黃旗的旁邊，又添上了一面順風旗。

大家看得驚險不已，他忽然把那夾住的一腿也放了開來，衆人正要驚呼，卻見他用一隻手又掛住了旗桿。大家正要鼓掌叫好，卻見他好似失手一般，以電光石火的速度滑到了地面。

皇上看了，連聲讚美：

「眞是高手哇！」

接著又審徐慶。皇上見徐慶有著一張黑臉，長得粗裡粗氣的，便問徐慶：

「你有什麼本事？」

徐慶回答：

「我會鑽洞，只要是洞，我都鑽得過去。」

「哦！這樣。」皇上派陳琳把徐慶帶到萬壽山下，把外衣脱去，叫他鑽山上的洞。

陳琳對徐慶説：

「你只要穿過去，就趕快出來，不要耽誤我們的時間，知道嗎？」

徐慶爬上了萬壽山，看到半山上有個山窟。他把身子一縮，就鑽了進去。足足有兩盞茶的時間，都不見他出來。

陳琳急得不得了，在山下喊著：

「徐慶，你到底鑽到哪去了？」

忽然聽到徐慶在南面的山頭上喊著：

「喂！我在這裡呀！」

這一聲大家都聽到了，但是一轉眼，又不見了蹤影，大家等得心焦，盧方甚至跪了下來，怕皇帝生氣。

又等了好久，才見徐慶從原來鑽進去的洞窟鑽了出來。這時候的徐慶，滿身青苔，滿頭塵垢，髒得不得了。陳琳趕快帶他去見皇上。

皇上看到徐慶表演的「鑽」功，不禁讚美他：

「眞不愧是穿山鼠哇！」

再下來，該蔣平了。皇帝仔細一看這人，瘦瘦小小的，不像是有什麼功夫的人！而且面黃肌瘦，甚至像個生病的人。

皇上問蔣平：

「既然你叫翻江鼠，那麼你是會游泳嘍？」

蔣平答道：

「我在水裡，能睜開眼睛看東西，而且還能在水裡待上一整個月，頗識水性，所以才叫翻江鼠。」

皇上一聽蔣平會水性，就對陳琳說：

「快去把我的金蟾拿來。」

一會兒之後，陳琳把皇上的寵物——金蟾蜍拿來了。這隻金蟾蜍養在一個金漆木桶裡面，只有三隻腳，寬三寸，長五寸，兩個眼睛，如琥珀一般的明亮。碧綠的身子，雪白的肚子，渾身金點點，很是好看。

包公看了，很驚訝的說：

「這眞是隻稀有的寶貝。」

皇上叫陳琳帶著蔣平上了小船，自己卻命太監提著

琥珀：玉石的一種，透明，淺咖啡黃色，非常好看。

裝了金蟾的木桶，和各位大臣上了大船。

陳琳知道皇上要把金蟾放入水裡，然後叫蔣平捉了上來。可是，這簡直是太難了。

陳琳悄悄告訴蔣平：

「喂！這隻金蟾蜍是皇上心愛的寶貝，你如果沒有把握，趁早講，免得找不到，金蟾蜍就丟了。」

蔣平笑笑，對陳琳說：

「公公請放心，我沒問題的，現在想請您幫我借一件水褲來。」

陳琳立刻叫小太監從船上找了一件水褲來，蔣平換上水褲後，只聽到大船那邊的太監，手提木桶喊道：

「蔣平，我要放金蟾蜍了！」

說完，木桶朝下一倒，連蟾帶水，一塊倒在福海裡

水褲：今日之游泳褲。

了。

只見那蟾蜍，在水波上一晃，就不見了。蔣平從船上一縱，立刻也沒入水中。

皇上在大船那邊看了許久，水面上一點波痕也沒有，皇上心想：

「他在水裡好久了，不會是淹死了吧！」

正想著的時候，忽然水上起波浪，冒出一個人來，蔣平上來了，他跪在水面，兩手合攏。

蔣平將手一張，只見金蟾蜍在他手中呱呱叫著。

皇上高興極了，連忙吩咐太監，將木桶注上新水，讓蔣平把金蟾蜍放回桶裡。蔣平在水上跪著，向聖上叩了三個頭，然後踏在水上，奔回小船。

大家回到金鑾殿，皇帝對包公說：

翻江鼠蔣平識水性，潛入水中為皇上取金蟾蜍。

「我看他們三人技藝超群，豪勇尚義，站在國家的立場，總應該是鼓勵人才吧！我想給他們加封職銜，也給以後的人立個榜樣，讓有本領的人，懷有向上之心。你以爲如何呢？」

包公回答：「聖上賢明，從此大開進用賢明之門，眞是國家之幸，朝廷之福哇！」

皇上非常高興，立刻傳旨，賞盧方、徐慶、蔣平三個人，六品校尉的官職，都在開封府工作。

皇上又傳旨，務必找到白玉堂和韓彰二人後，包公就帶著盧方三人，謝過皇上，回開封府去了。

第十二回　展昭智取白玉堂

有一天晚上，包公吃過晚飯，正在書房裡寫東西，忽然聽到院子裡「咱！」的一聲，好像有個東西落了下來。

包興跑到院子一看，有一個紙包兒，上寫著「急速拆閱」四個字。包公打開一看，裡面包著一顆石子，和一張字條，字條上寫著：

「我今天特地來借三寶，要暫時帶回陷空島。南俠展昭若來到，絕對叫他跑不了。」

包公看完紙條，心想：有人要來偷三寶了，就趕快叫包興去檢查三寶還在不在，又叫人去請展護衛來。

不多久，展昭來了，包公把字條給他看。展昭看完，立刻問包公：

「您可有叫人去看三寶在不在？」

包公答：

「我已經叫包興去了呀！」

展昭一拍腿，說：

「糟了！中了他投石問路的計了。」

包公覺得奇怪，問展昭：

「怎麼說呢？」

展昭回答：

「他本來不知道三寶放在哪裡，所以才故意寫這張字條，他知道您一定會叫人去檢查，這等於是給他帶路，所以，我看，三寶此刻一定已經到了他手裡了！」

這時，外面一片喧鬧聲，有人叫著：

「失火了！失火了！」

展昭奔出書房，往失火的房間一看，房頂有人，展昭立刻放出一支袖箭，只聽「噗哧——」一聲，屋頂上的「人」縮小了。

展昭仔細一看，又中計了。原來屋頂上的人是個用橡皮充氣的假人，中了箭，氣放了，就縮了。

盧方、蔣平、徐慶三人和王朝、馬漢、張龍、趙虎等人，也都聞訊趕了來。此時，包興慌張的跑來報告：「三寶眞的丟了。」

幾人四下搜尋了一陣，什麼也沒看見。展昭上屋頂把皮人帶下來，盧方一看，便說：

「這是五弟白玉堂的東西。」

「唉！」盧方嘆了一口氣，心想：這個五弟，未免太任性了吧！明知道我們現在在開封府，還來偷三寶，這叫我們幾個哥哥臉往哪裡放嘛！

大家一起去書房見包公，包興告訴包公三寶遺失了。包公安慰大家：

「三寶也不是什麼急需之物，沒有關係，你們不用緊張，明天再慢慢去查好了。」

大家只好退出，回到寢室。

盧方本要去追趕，蔣平問他：

「你知道五弟去哪兒了嗎？」

展昭說：「他回陷空島去了。」

盧方問展昭：

「你怎麼知道？」

展昭就把剛剛的字條念給盧方和蔣平聽。

盧方很生氣的說：

「我現在就去陷空島把他抓了來。他眞是太任性了。」

展昭連忙勸阻：

「大哥，去不得，去不得。試想：如果你追到了五弟，向他要三寶，他給了也就算了，如果不給呢？難道你兩人就翻臉、恩斷義絕了嗎？我看，還是我去一趟陷空島吧！」

蔣平不放心的對展昭說：

「展兄，你去恐怕不太妥當，因爲一來，你對陷空島的地形和路徑不熟悉，二來，五弟做事，很難臆測，誰知他會設下什麼圈套害你。

我看，我先回陷空島，將他穩住，做爲內應，然後大哥再去，才是萬全之策。」

公孫策在一旁聽了，說：

「四弟說得很有道理，展大哥，你就別辜負四弟的一片心意吧！」

展昭見公孫策也這麼說，只好答應，但心中忿忿不平，一直想找機會自己一個人去陷空島找白玉堂。機會終於來了，一天夜裡，展昭趁著大家熟睡，便一個人溜了。

展昭走了很遠的路，翻山越嶺帶過河，終於來到了陷空島的盧家莊。

盧家莊的外牆非常高大、堅固，大門口鎖了起來。展昭推了一下，又用一塊石頭敲了敲，大聲叫道：

「裡面有人嗎？」

「是誰？」門內有了回應。

「我姓展，」展昭高聲說道：「我今天是特地來拜訪你們五員外的。」

「哦！」裡面的說：「你可是南俠、御貓護衛展昭老爺？」

「正是，」展昭說：「你們家五員外在吧？」

「在，你等一下，我去稟報。」展昭在外面等了好久，都沒有人出來。

展昭開始生氣，便對著裡面大叫：

「出來人呀！」

裡面忽然冒出一個聲音：

「半夜三更的，你叫什麼叫？你如果等不及，有本事就自己進來。」

展昭心想：這明明就是白玉堂在激我，不管了，先進去再說！

展昭翻牆進去，看到一個大門，上了臺階，進了屋內，展昭一面邁步，一面留神，用腳尖點地而行，穿過影壁，又見一門。進了二門，看見有五間房。

展昭瞄到有個房間似乎有人進去，他追到那個房間，掀開簾子，看到一個背對他而立的人。此人頭戴武生巾，身穿花氅，露出藕色襯衫，足下登著官靴，這人應該就是白玉堂了，展昭心想。

展昭對著那人說：

「五賢弟請了。」

半天沒有回應，展昭上前一拽衣袖，發覺是個假人。展昭回頭就走，沒想踩到一塊木板，木板一翻，展昭立刻滑進一個洞中。

展昭掉到了一個皮兜子裡，四面都是活套，人一進去，兜口一收，就再也出不來了。

這時聽到一陣鑼聲，許多人喊到：

「捉到了！捉到了！」

展昭心想：「中計了。」

有人過來，把兜子解下，拿出展昭的寶劍，又把展昭捆了起來。然後把他帶到通天窟，對展昭說：

「你就先在這裡待著吧！我們員外喝醉了，明天再說吧！」

通天窟：只有頂上有一線縫可以看見光線，四周沒有任何門窗的洞窟。

說完，就把展昭帶到一扇石門前，銅環一拉，門開了，把展昭推了進去，就把門關上了。這扇門只能從外面開，裡面是打不開的。

展昭打量這通天窟，只覺得裡面陰森森的，寒氣逼人。四面的壁油光滑亮，什麼也抓不住，只有頂上一條縫，可以看見外面的天光。

通天窟裡有一塊小匾額，展昭仔細一看，上面寫著三個大字：氣死貓。

展昭嘆了一口氣說：

「唉！我展昭枉受了朝廷的四品護衛職責，今天竟然栽在這裡了。」

正嘆氣的時候，忽然聽見一個人的聲音哭道：

「我好苦哇！」

展昭嚇了一跳，這裡怎麼會有人？四下一看，角落裡坐著一個被綁著繩索的人。

展昭忙問：

「你是誰？你怎麼會在這裡呢？」

那人回答：

「我叫郭彰，是鎮江人，原來是帶著女兒去瓜州投親，沒想到在坐渡船的時候，遇見了這裡的頭目胡烈，把我們父女搶來了這裡，說要把我的女兒送給五員外做太太，還把我綁在這裡。」

展昭聽了，怒氣衝天。那人又問展昭爲何來此。展昭便說了一遍。這時忽聽外面喊著：

「帶刺客，員外要見刺客。」

石門打開了，展昭怒氣沖沖的跟著莊丁來到廳房。

廳房上燈火通明，還擺著酒宴。白玉堂正和友人談笑風生，一點也不看展昭。

展昭忍不住的衝上前去，大聲對白玉堂說：

「姓白的，你把我困住，你到底想怎麼樣？」

白玉堂回過頭來，假裝吃驚的說：

「哎呀！原來是展兄，手下人怎麼說是刺客呢？眞是弄不清楚。」

白玉堂忙起身，把展昭身上繩子解開，又說：

「小弟實在不知道是御貓來了，我眞的以爲是刺客呢！」

展昭生氣的說：

「眞是無知的草寇，什麼刺客、刺客的亂說。」

白玉堂看到展昭生氣，反而笑嘻嘻的說：

「我可是行俠仗義的人喔！你怎麼說我是無知的草寇呢？」

「行俠仗義？」展昭冷笑一聲說：「你搶人家父女來，算什麼英雄好漢？眞是羞死人了。」

「我搶人父女？此事從何說起？」白玉堂被罵得一頭霧水，莫名其妙。

展昭就把通天窟裡看到郭彰的事，說了一遍。

白玉堂立刻說：

「快把郭彰帶來。」

郭彰帶來了，一直向白玉堂求饒。白玉堂問郭彰：

「你女兒呢？」

郭彰回答：

「聽胡烈說，帶到後面去了，不知道是哪裡。」

草寇：鄉野裡沒讀過書的土匪。

白玉堂立刻吩咐手下找胡烈來，並提醒手下，不可說出郭彰的事。

胡烈高興的來了。白玉堂問他：

「胡烈，這幾天你辛苦了，船上有什麼事沒有哇？」

胡烈說：

「有一件事我正要回稟員外，就是昨天有父女二人，乘我的船過渡，我看他的女兒長得滿好看的，我心想，員外還沒有娶太太，就把他們帶來了。員外，你看到小姐，一定很高興的。」

白玉堂聽完胡烈說的話，先不生氣，對胡烈說：

「胡烈，你來這兒沒多久，還眞深得我心呢！此事眞難爲你了。我問你，這件事可是我向來就有這個意思，還是別人告訴你的，或者，根本就是你自己一個人的主意？」

胡烈連忙爭功：

「完全是我一個人的主意，和別人沒有關係。」

白玉堂回頭對展昭說：

「展爺，你可聽明白了！」

展昭點頭，不說話，但已聽明白此事。

白玉堂又問：

「這名女子呢？」

胡烈說：

「我把她交給了我的妻子，並囑咐妻子好好對待她。」

此時，白玉堂臉一沈，飛出一腿，便將胡烈踢倒，又拿了寶劍，把胡烈的左腿砍了一刀，胡烈被砍得莫名其妙，痛得滿地打滾。

白玉堂吩咐把胡烈押下去，明天送官府法辦，另外叫人把郭彰的女兒增嬌帶來，當面還給郭彰，又取了二十兩銀子給郭彰。

爲了送郭氏父女回去，白玉堂又吩咐頭目何壽，帶了水手兩名，用船連夜送他們回去。郭氏父女千恩萬謝的走了。

此時，天已快亮了，白玉堂笑盈盈的對展昭說：「展兄，這事若不是您，我還眞是會名譽受損哩！不過，我的事已了結了，你的事呢？你這次來，應該是奉了命令，來抓我回開封府的吧？不過，我白某怎能就這樣跟你去了呢？」

「那你說該怎麼樣？」展昭問。

白玉堂笑了一笑，說：

「也不是什麼大不了的事，就是——既然小弟將三寶盜了來，如今展兄也必須將三寶盜了去，如此我才跟展兄上開封府去。

我們訂個十天的期限如何？如果十天過了，展兄還沒盜回三寶，我看你就自個兒悄悄回開封府去吧！如何？」

展昭不以爲然的說：

「不必十天，三天就夠了。到時候，你可別說話不算話，不跟我回開封府喲！」

「好！一言爲定，三天是你說的，如果不承認，就不是大丈夫。」

說完，二人擊掌，算是約定了。然後，白玉堂又吩咐手下把展昭再送回通天窟去。

再說郭彰父女，跟了何壽到了船艙內，郭彰悄悄問女兒增嬌說：

「妳被他們搶去之後，他們是怎麼對妳的？」

增嬌回答：

「那姓胡的把我交給他太太，他太太對我還滿好的。哦！對了，您是怎麼見了五員外，把我救出來的呢？」

郭彰就把在通天窟裡遇見展護衛的事，說了一遍，增嬌聽了，感念不已。

父女二人正在談話的時候，忽然聽見一個人在船的後方喊著：

擊掌：互拍掌心，算是一言爲定。

「前面的船停下來，不要走，五員外還有話要說，趕快停船。」

何壽聽了，有些遲疑，心想：剛才不是都說好了嗎？怎麼會還有事情呢？

說時遲，那時快，後面那艘船趕了上來，「咻！」的一聲，從那船跳了一個人上來。是胡烈的弟弟胡奇，手上拿著一把利刃，橫眉豎眼的對何壽說：

「何頭兒，把他們父女倆留下，我要替我哥哥報仇！」

何壽對胡奇說：

「胡奇，你這句話就不對了！這件事本來就是你哥哥胡烈不對，與他們父女什麼關係？你如果有什麼話，你找員外說去，我們要趕路了。」

胡奇聽了，一瞪眼，大聲對何壽說：

「何壽，你敢不留下他們二人？」

何壽也大聲的說：

「我就是不留下，你想怎麼樣？」

胡奇舉起刀就砍，可是何壽手上沒有武器，只好隨手抓起一塊板子，來擋胡奇的刀。

但是板子終究敵不過刀子，何壽沒辦法，只好跳到水裡，另外兩個水手，也跳了水。

郭彰正在船艙裡著急的時候，忽然看見上游那頭，趕來了一艘快船。船上有五、六個人，對著胡奇大聲罵道：

「你這個傢伙，不知道蘆花蕩的規矩，怎麼可以在這裡撒野？」說完，就有一個人做勢要跳過來。但是，船太遠了，跳不過來，胡奇用刀要揮他，他一閃，不小心落了水。

船逼近，上面跳過來三個人，把胡奇圍住，胡奇正要抵抗，不料那個先落水的人，游到船邊，伸手一撈，便把胡奇勾倒了。

「撲通」一聲，胡奇也落了水。但是船上的人緊緊拽住他的腳，不讓他溜走，又把他倒提了上來。幾人合力把胡奇綁了起來，連船一起駕往蘆花蕩。

原來這艘船是丁家的夜巡船，因爲聽到有人呼救，就趕了過來。夜巡船回到茉花村，將此事稟報了丁兆蘭、丁兆蕙兄弟。

丁氏兄弟吩咐手下把增嬌小姐帶到丁小妹月華那兒，暫時休息一下，增嬌把所發生的事情說了一遍，月華大驚失色，立刻將此事告訴母親。

丁母知道展昭身陷陷空島，便忙叫兩個兒子兆蘭、兆蕙來，要他們明日一早去陷空島救女婿展昭。另外差人將郭彰父女送回瓜州去。

第二天一早，兆蘭向兆蕙說：

「我就以送回胡奇爲名義，前往盧花蕩，順便查訪一下展昭的消息。」

於是，丁兆蘭帶了兩名手下，押著胡奇，坐著原來的那艘船，來到了盧家莊裡。

白玉堂早已從何壽口中得知，胡奇爲了報仇，想要劫船殺人，反倒被人綁走一事。便料定北邊茉花村那邊，今天一定會有人過來。

果然，有人來通報，丁家大爺丁兆蘭，親自把胡奇送回來了，便親自出來迎接丁兆蘭。

雙方寒暄一陣，白玉堂請丁兆蘭留下便飯，敘一敘，兆蘭就坐下了。

喝酒、聊天一陣子之後，丁兆蘭開口問白玉堂：

「請問五弟這一向都在京裡面，做些什麼事呀！」

白玉堂一聽，借著兩分酒意，便開始誇起自己在京裡面的那些「豐功偉績」，最後還提到，展昭自投羅網，目前正被自己關在莊內的通天窟裡。

剛說到這兒，丁兆蘭不由得叫了出來：

「哎呀！賢弟，這事你就鬧大了，你可知那姓展的，是朝廷的命官，是奉了命來這裡的呀！你若傷了他的命，便算是背叛了。此事怎可說不是鬧大了呢？」

白玉堂不以爲然，笑盈盈的對丁兆蘭說：

命官：奉了皇帝命令出來辦事的官員。

「小弟雖然糊塗，也不至於抗命，我剛剛說的是開玩笑的。我已經好好招待他了，等過了幾天，我一定會把展兄交給二位的。」

丁兆蘭原來是一位很厚道的人，被白玉堂這麼一奚落，就說不出話來了。

然後，白玉堂假借招待之名，竟把丁兆蘭軟禁在螺螄軒內，丁兆蘭非但沒打探到展昭的消息，自己還被關了起來！心中焦急得不得了。

丁兆蘭在螺螄軒悶了一天後，到了晚上，看到一位老僕人，帶著一位八、九歲的小男孩，這個小男孩，長得方面大耳，和盧方很像。

老僕人帶著小男孩，來到丁兆蘭面前，對小男孩說：「趕快拜見茉花村的丁大員外。」

然後又對丁兆蘭說：

「我叫焦能，是奉了主母，也就是盧老爺的妻子之命，前來送信，她得知展護衛被留在通天窟，現又知您被留在螺螄軒，這都是五員外做的。

但這裡非本莊人不能出入，故現請丁大爺您，寫一封信給丁二爺，我好幫您送去，請丁二爺想辦法來救您出去。」

丁兆蘭趕緊寫了一封信，請焦能帶給丁兆蕙，又對盧方的兒子說：

「賢姪，回去後給母親請個安，說我一切都知道了，請勿掛念。」

說完，焦能就帶小男孩出去了。

再說丁兆蕙在家，等哥哥等了一天，一直不見哥哥的蹤影。黃昏時分，焦能送信來了。

丁兆蕙看過信，起先很生氣，但又一生疑，會不會又是白玉堂要詐，要把自己也騙去？

正懷疑的時候，莊丁進來報告：

「盧員外、徐員外、蔣員外，一塊由東京回來拜望您了！」

丁兆蕙說：「快請他們進來。」

盧方一進來，就看到焦能，盧方問焦能：

「咦！你怎麼在這裡？」

盧方便把展昭和丁兆蘭被囚的事情說了一遍。

於是幾個人便商量著要怎麼樣去救展昭和丁兆蘭二人。這時蔣平忽然說：

「我這兩天肚子不舒服，而且我和五弟不對盤，我

東京：即是開封，在現今的中國大陸河南省，是北宋時期的國都，因爲歷代的國都都偏西，故稱東京。

不對盤：個性不合常起衝突。

看，你們先去吧！我晚一點再來。」

丁兆蕙忽然說：

「怎麼辦？陷空島的路徑我不熟，你們也不能明著去，會讓五弟起疑的。」

蔣平說：

「有個現成的焦能呀！叫他先回去，然後在蚰蜒嶺帶丁二弟去陷空島，如何？」

丁兆蕙說：

「嗯！這方法好。那我去了之後，該怎麼行動呢？」蔣平想了一想，說：

「我看，你先救展大哥，取回三寶後，便和展大哥在五義廳等候；大哥和三哥在五義廳西竹林等候，等會合後，再一擁而入，那時，五弟就難脫身了。」

大家都覺得這主意不錯，就叫焦能先回去，並叫焦能在二更天的時候，在蚯蚓嶺迎接丁二爺。

二更天的時候，丁兆蕙來到了蚯蚓嶺，將船停好，放在蘆葦深處，走上了嶺。丁兆蕙左看、右看，看不見焦能，再定睛一看，前面往盧家莊方向哪有路，分明又是一片水。

「糟了！」丁兆蕙開始擔心：「早知這兒有水，就不該約在這兒了。」

這時，忽見焦能從河道坐船而來，停下，上了蚯蚓嶺。

丁兆蕙問：

「焦管家，前面這一片大水，我們怎麼過去呀？」

焦能告訴丁兆蕙：

青石灘：只有鵝卵石的石灘而無水，但因光滑光亮，所以遠看像是波光粼粼的水面。

「二爺，這乍看是水，其實不是，只是一片青石灘，這是我們老爺隨著天然形勢修成的，別說夜裡看著像大水，就是白天看，遠遠望去，也像是一片大水。不熟悉路的人，就繞路而行了，怎知這裡可直通盧家莊呢？」

說完，二人步下蚰蜒嶺，果然是一片平坦大路，丁兆蕙心中暗暗稱奇。

焦能對丁兆蕙說：

「那邊有一個主峰石，穿過松林，便是往五義廳的正路，這裡比大門近多了，您就從這裡走吧！」

說完，二人互道再見，焦能就從小路不見了蹤影。

丁兆蕙走進松林裡，裡面黑黑的，沒什麼光線，只有松柏參天生長著。走著走著，隱約的見到兩點燈火由遠而近的會合了。

丁兆蕙猜應該是巡更的更夫，便躲在樹後。這時，一個人開口說話了：

「那姓展的，給他送酒菜去，不吃也就算了，還把碗盤砸了，酒罈也搗碎了。」

另一個人也說：

「我們五爺如今又弄一個丁大爺來，又不叫人家回去，成天窩在這裡，怎麼回事呀！」

說完，二人就分手了，這二人，一個叫姚六，一個叫費七。等姚六走遠了，費七被丁兆蕙追上，丁兆蕙一手把費七脖子掐住，然後按倒在地上，換過費七的衣服，問了費七通天窟怎麼走，又拿了費七的腰牌，然後撕一塊布塞住了費七的嘴巴。

腰牌：莊丁繫在腰間的識別證。

丁兆蕙穿了更夫費七的衣服，拿著費七的腰牌，到了通天窟，門口的李三問：

「喂！你是誰呀？」

丁兆蕙說：

「我是新來的費七呀！姚六告訴五員外，說姓展的把飯菜都砸了，員外不信，叫我來帶展昭去和姚六對質。」

李三說：

「好兄弟，你趕快把這姓展的帶走吧！他沒有一頓不鬧的。」

說完，就開了門，把展昭放了出來。

展昭跟著丁兆蕙走了一小段路，丁兆蕙問展昭：

「展兄，你可認得出我？」

展昭細細一看，驚呼：

「是你！賢弟！賢弟！你從哪裡進來的呀？」

丁兆蕙便把經過情形，及等下要在哪裡會合的事情又說了一遍。

他們兩個走到了五義廳旁，聽到白玉堂正在吩咐手下白福，去取三寶來。

展昭便悄悄跟著白福，到竹林裡去等白福拿三寶回來，經過此地時，好截下三寶。

沒多久，白福拿著三寶回來了，走著走著，衣服忽然被樹枝勾住了。白福放下燈籠，放下用包袱包著的三寶，然後用手去扯樹枝。

忽然，四下一片漆黑，燈籠滅了，包袱也不見了。這一驚非同小可。忽然，有人抓住了白福的領子。

白福還來不及開口，展昭就把白福給綁起來了，拿著三寶，忽又看到徐慶趕了來。三人就一起又回到五義廳，好見機行事。

王義廳裡燈火通明，桌子上正擺著酒菜，白玉堂一邊喝酒，一邊自言自語：

「哼！展昭這傢伙，輸給了我，我看連包公也要受到連帶處分，哈哈哈！」

徐慶聽了，再也忍不住，帶刀衝了進去，丁兆蘭也衝追去，以迅雷不及掩耳的速度，抽掉了白玉堂的寶劍。白玉堂只好舉起椅子來擋。

白玉堂一邊躲，一邊對徐慶說：

「我已經和展昭說好了，他說三天之內，若盜用三寶，我就隨他去開封府，現在你眼看他盜不回三寶，就用人海戰術，想把他搶回去，是不是？」

徐慶一聽，「哈哈！」大笑一聲，回頭說：

「展大哥，快將三寶拿來。」

展昭笑盈盈的把三寶捧了進來，這時，門外站著盧方、丁兆蕙等人。

白玉堂心想：三寶竟然給展昭弄到了，如今，我若隨他們回開封府，我眞是沒面子；但是不去，我又失了信用，這怎麼辦才好？……

此時，徐慶又要持刀砍來，白玉堂忽忽把外氅脫下，撕成兩半，掄在手上擋利刃，然後一邊退出五義廳，消失在西竹林中。徐慶也跟了出去。

一會兒之後，徐慶回來報告：

「五弟已過了後山，不見了。」

外氅：穿在最外面的長外衣，有如今日之風衣。

盧方一聽，便說：

「哎呀！這會兒要給他溜掉了。因爲後山下，有一條支流，想要過河，一般人過不去，但五弟有一根大鐵鍊，是他獨家練成的獨龍橋，可以用鐵鍊過河呀！」

丁大爺兆蘭則說：

「如果眞找不到也沒辦法，至少三寶找回來了，回去還可以交差。我們明天再說吧！」

白玉堂眞的過河了嗎？未必。他到了河邊一看，心頓時涼了半截，因爲大鐵鍊不知何時斷了，沈到水底去了。

正著急的時候，白玉堂看到一隻小船，白玉堂連忙央求漁翁載他過河，並答應加倍給賞。

小船走到一半，對面又來了一條小船，對面的漁夫

獨龍橋：把粗大的鐵鍊甩過河，勾住對岸，即可攀爬鐵鍊過河。

問這艘船的漁翁說：

「要不要去喝酒呀！」

說時遲，那時快，漁翁已經「咻——」的一聲，跳到了對面的小船上去了，走了。

白玉堂呆在船上直叫：

「喂！回來呀！你不能把我一個人丟在船上呀！喂——」

小船走遠了，白玉堂沒辦法只好自己拿起船篙來撐船。奇怪，怎麼撐也不走，小船老在原地打轉。

正生氣的時候，船艙內竟然走出一個人。白玉堂定睛一看，原來是蔣平。

蔣平笑嘻嘻的說：

「五弟，久違啦！」

船篙：為加速船隻的航行速度及避免船隻擱淺在泥灘上，船伕行船時都會撐一支長長的竿子，叫做「篙」，同時篙也可以用來測量水的深度。

「誰是你五弟？」白玉堂順手一推，就把蔣平推到了水裡。

白玉堂著急的往水裡找蔣平，忽然蔣平露出了水面，用手扒著船邊，問白玉堂：

「老五，你喝不喝水呀？」

說完，船底就朝天了。白玉堂喝了幾口水，陷入昏迷狀態，蔣平忙把他拖到了岸邊。這時，岸上已經有好多人在等候。

蔣平抱著白玉堂上了岸，大家拍手叫好。喊道：

「成功了！成功了！」

蔣平說：

「先不要在這裡把他弄醒，大家把他臉朝下，抬到茉花村去，到了丁府，他自然就會醒了。」

大家把白玉堂綁了，頭臉朝下，用一根粗槓子穿著，就把這濕淋淋的白玉堂，一路抬到了丁府。

到了丁府，白玉堂也醒了，又吐了不少水。白玉堂微微睜開兩眼，看到大哥盧方在一旁抹眼淚，徐慶橫眉瞪眼的，而蔣平則是嬉皮笑臉的瞅著他。

展昭看到白玉堂醒了，便對他說：

「這件事都是因我而起的，如果你不高興的話，就罵我好了。」

盧方趕快對白玉堂說：

「你趕快去後面洗個澡，換上乾淨衣服，我們等你。」

白玉堂也覺得身上濕濕的，很不舒服，就去裡間沐浴、更衣。裡間的用具都是新的，還有一個小童細心的

白玉堂跌下了河，吃了幾口水，蔣平才拉他上岸。

在旁伺候，白玉堂心中很是感激。

剛洗好，丁兆蕙就進來請他出去一塊兒喝酒。白玉堂雖然感激丁府給他準備的一切，但一想到幾個哥哥，心中就有氣。

大家坐好了之後，盧方對白玉堂說：

「五弟，不管誰對誰錯，過去的事就不要再提了，都算我的錯好了。現在爲兄希望你能和我們一起回開封府，給爲兄的我一個面子。」

「叫我去開封府？我不去。」白玉堂當然不願意。

這時蔣平開口了：

「姓白的，當初你和展兄講好了，只要盜回三寶，你就同他到開封府去，如今三寶已盜回，你怎可私自逃走？還好遇到我，救了你的命。如今丁府又熱誠款待你。這些都是一個義字呀！你如果不去開封府，不但失信於展兄，同時也對不住丁家二兄弟，你還算是一個講義氣的人嗎？」

白玉堂氣得站起來要和蔣平打架，被大家勸住了。

蔣平又說：

「我才不和你打架呢！我覺得呀！你根本沒見過什麼世面，你想想看，你還說你到過什麼深宮內苑，在忠烈祠題字，什麼奏摺內夾字條，我看，這全是在黑夜裡見不得人的時候做的。

如果你敢在光天化日之下，親自瞧瞧皇帝的聖殿，或者是包公的威嚴，那才算是見過大世面呀！」

白玉堂不知蔣平用的是激將法，就衝口而出：

「好傢伙，你把我看成什麼人了，別說是開封府，就是刀山箭林，我也敢去。」

蔣平又說：

「我看你只會一些飛簷走壁，只會逞口舌之勇，到了包大人面前，還不知會不會說話，我看反正你沒見過什麼世面，還是甭去算了。」

白玉堂怎受得了這些話語的刺激，搶著說：

「反正去了就知道，我到底有沒有見過世面，到時候再和你算帳。」

丁兆蘭說：

「好說，好說，大家喝酒吧！」

展昭倒了一杯酒給白玉堂，說：

「五弟，這件事是因我而起的，不過，說句公平話，五弟的確性子傲了一點，不過，如今既然五弟願意同往開封府，不管怎麼說，我展昭與五弟是榮辱與共了，五弟若同意，就乾了這杯吧！」

白玉堂一口喝乾了酒杯，對展昭說道：「展大哥，我二人原來無仇，甚至可說意氣相投的，一切只因我少年無知，個性不服輸。如今前往開封府，我一切全招，決不連累展兄。

對我每每的唐突冒昧，還希望展兄海涵，在此小弟也要敬展兄一杯，算是賠禮。」說完，斟上一杯，又一飲而盡。

大家非常高興，又互相敬來敬去，彼此暢談，準備第二天上開封府，向包公報到。

第二天，大夥回到了開封府。展昭先見過公孫策，希望他能幫忙保白玉堂。又見了張龍、趙虎、王朝、馬漢，大家對白玉堂的少年英雄，都欽羨不已。

展昭見了包公，將三寶呈上，又對包公說，白玉堂已經帶來了。包公便叫展昭把白玉堂帶到書房來。

白玉堂穿了罪衣，來到了包公的書房，不料裡面傳出一聲：「有請白義士。」弄得白玉堂進也不是，退也不是。

盧方暗示白玉堂跪著進去，白玉堂照做了。包公立刻對白玉堂說：

「義士請起，我會保你的。」

包公仔細看了白玉堂，少年英俊，好生歡喜；白玉堂看了包公，也凜然敬畏。

包公對白玉堂說：

「聖上每次說要你的人，並不是要治你的罪，而是聖上求才若渴，想延攬各位罷了！明天參奏聖上，我會保你的，你放心吧！」

大家謝過包公，退了出來。

第二天，皇上見了白玉堂，龍心大悅，立刻傳旨，加封展昭實授二品護衛，所遺四品護衛之銜，由白玉堂補授，同在開封府任職。

謝過聖上，大家回到開封府，少不了又是一頓豐盛的慶祝。如今白玉堂也做官啦！怎不高興呢？

加封：對原已封官的人，再追加官等，等於升官之意。

第十三回　北俠扮妖精除馬剛

展昭回到茉花村的丁家後，丁母對這準女婿是越看越得意，便吩咐兆蘭和兆蕙準備幫月華妹妹完婚。一天，丁兆蘭正上街採購婚禮的用品，遇到了北俠歐陽春，兩人相談甚歡，便約在酒樓裡喝酒吃飯。

歐陽春長得碧眼紫髯，大家都稱他紫髯伯。歐陽春和丁兆蘭兩人，一邊吃飯，一邊喝酒聊天，聽到別桌的人，正談論著地方上有個地痞流氓，叫做馬剛的一些惡行劣跡。

髯：臉頰兩側的鬍毛。

馬剛是太歲莊的人，因爲叔叔在朝廷裡做官，他就狗仗人勢，在地方上魚肉百姓，人民都叫苦連天。

丁兆蘭對歐陽春說：

「歐陽兄，對於馬剛這傢伙，您有沒有什麼想法呀？」

歐陽春回答：

「賢弟，我們儘管喝酒、吃飯，其他雜事就甭管啦！」

丁兆蘭心想：這位北俠不是武藝超群，豪氣干雲嗎？怎麼如今倒像個自掃門前雪，不管他人瓦上霜的人了？奇怪，奇怪。嗯，不行，我一定要挑明了說。

於是丁兆蘭就直接問歐陽春：

「你我行俠仗義，理當救助弱小，鋤除奸惡。依我的看法，乾脆把馬剛解決掉，好爲民除害，歐陽兄覺得如何？」

歐陽春忙搖手說：

「千萬別這樣，小心隔牆有耳喲！」

丁兆蘭心想：好一個北俠，原來是徒有虛名呀！可惜我今天出來是給妹妹辦嫁妝，沒帶寶劍，否則眞該叫他瞧瞧我的厲害。

繼而又轉念一想：乾脆今晚我住他那兒，然後乘機偷他的寶劍，好去殺了那馬剛……，嗯！這個主意不錯。就假裝喝酒，喝了很多，像喝醉了的樣子。

丁兆蘭假裝喝得醉醺醺的，對歐陽春說：

「今天我不小心喝多了，走不回去了，能不能到府上借住一宿哇？」

「當然可以，」歐陽春欣然同意：「多住幾天也沒關係呀！」

丁兆蘭心想：正合我意。

晚上，丁兆蘭住進歐陽春家，進了房間，丁兆蘭看到歐陽春把寶刀連著皮鞘，一起掛在牆壁上。

兩人吃過飯後，丁兆蘭正盤算著該怎麼去拿寶刀，這時歐陽春竟然打起呵欠來了。

丁兆蘭心想：這個酒囊飯袋，還配當什麼北俠呀？吃飽了就想睡！不過，正好，就讓他早點睡吧！

於是對歐陽春說：

「你先去睡沒關係，我不要緊。」

歐陽春倒頭便睡，而且呼聲震天，丁兆蘭覺得好笑，也就坐著閉目養神起來。

皮鞘：裝著刀的皮套子，多用牛皮做成，非常牢固。

到了二更天，丁兆蘭悄悄的偷了歐陽春掛在牆壁上的寶刀，出門往太歲莊去了。

到了太歲莊，丁兆蘭飛身上了牆頭，翻進內院，又翻了一座牆，才到了正房的屋頂上。

丁兆蘭看到太歲莊裡頭，丫鬟們來來往往的好熱鬧，拿酒的拿酒，端菜的端菜，都往正房裡送。

丁兆蘭趴在屋簷上一聽，原來是馬剛正在飲酒作樂，旁邊圍了好幾個姬妾，正對著馬剛說：

「千歲爺！你怎麼喝她的酒，不喝我的酒？不管啦！」

馬剛哈哈大笑說：

「妳們放心，妳們八個人的酒，孤家會一杯一杯的喝的，誰都不欠。」

孤家：皇帝的自稱，一般人不能如此自稱，除非他想當皇帝。

丁兆蘭心想：他也配自稱孤家？簡直要造反了！非除掉他不可。於是，身子向下一順，頭下腳上的從柱子溜了下來。

丁兆蘭倒地轉身一站，隔著簾子往屋裡一看，一堆女人圍著年約三十歲的馬剛，打打鬧鬧，胡言亂語。

丁兆蘭怒由心中起，立刻抽刀。不料，寶刀不見了，只剩下個皮鞘。奇怪！會不會是剛剛從柱子上倒溜下來的時候掉了？但是也沒聽到聲音呀？

手無寸鐵，就不能再站在走廊下，裡面又燈火輝煌，萬一給人看見就麻煩了。丁兆蘭看院子裡有一塊大石頭，便立刻躲在大石頭後，觀看房內的動靜。

這時，只見房內一片混亂，尖叫聲此起彼落，眾姬妾們奪門而出，大聲叫嚷著：

「不得了啦！不得了啦！千歲的頭，被妖精割掉了呀！」

丁兆蘭聽到妖精二字，覺得很有趣，反正馬剛已經有人先一步替天行道了，就從大石頭後面走了出來，從剛剛翻進來的牆又翻了出去。

丁兆蘭腳才剛落地，就衝過來一個人，迎面就是一棍子，丁兆蘭機警的躲過了，但是那人又是一棍。丁兆蘭手無寸鐵，非常危急。

這時，牆上忽然坐著一個人，扔了一個東西下來，把來人打倒在地上。丁兆蘭趕快把拿棍子打他的人給按倒在地上。

牆頭上坐著的那人，飛身下來，丁兆蘭仔細一看，竟是北俠歐陽春。

丁兆蘭連說：

「歐陽兄，佩服，佩服。」

被按在地上的那個人對著丁兆蘭叫道：

「花蝴蝶呀！你好過分，你爲什麼要殺死我哥哥？我們又沒有什麼冤仇？」

「喂！」丁兆蘭覺得莫名其妙：「誰是花蝴蝶呀？你弄錯人了吧？」

「那你是誰？」那人問。

「我叫丁兆蘭。」丁兆蘭放了那人。

忽然看見旁邊地上有一顆人頭，是馬剛的，原來歐陽春丟下來的東西，就是這個！

「那麼你是誰呢？」丁兆蘭問那人。

那人回答：

「我叫龍濤，我哥哥龍淵是被花冲害死的！花冲又叫花蝴蝶，專門做壞事，但是行蹤詭祕，不容易被人找到。兩位可是丁兆蘭丁大爺和北俠歐陽春？」

兩人回答：「是呀！」

龍濤高興的說：

「我本來是想去求您們幫助的，沒想到在此地巧遇，實在是太好了！」

歐陽春問龍濤：

「那個花蝴蝶長得是什麼樣子？」

龍濤詳細的回答歐陽春：

「那個花蝴蝶，長得是公子哥兒的樣子，但是武藝高強，專門在夜間出沒，鬢角上總是別著一支蝴蝶簪子，所以大家都叫他花蝴蝶。

簪子：女人插在頭髮上的飾物。

每次有熱鬧的場合，他一定都會去，如果見到了長得漂亮的美女，就去找人家麻煩。這個傢伙作惡多端，眞是可惡極了。前兩天還聽說他要去灶君祠呢！那裡也是個熱鬧的地方。」

丁兆蘭說：

「既然這樣，我們三人先說好，半個月後在灶君祠碰面，如何？」

龍濤答應，向兩人告別。

回到了歐陽春家，丁兆蘭把皮鞘還給歐陽春，問他：「你什麼時候把刀抽走的呀？」

「哈哈！」歐陽春說：「當然是趁你不注意的時候啦！」

丁兆蘭很敬佩的對歐陽春說：

「仁兄是眞英雄，小弟我甘拜下風了。只是有一件事很奇怪，爲什麼馬剛是被妖精殺死的呢？哪來的妖精啊？」

北俠對丁兆蘭說：

「行俠仗義，不用聲張，你看！」

說著，從袋中掏出了三個東西，遞給丁兆蘭看，原來是三個皮套子做成的鬼臉。

丁兆蘭覺得很有趣，就開玩笑對歐陽春說：

「我還不知道仁兄是兩個人呀！」

歐陽春笑一笑說：

「其實不露出本來面目，也是有原因的，你想，那個馬剛，叔叔在朝廷做官，有權有勢，馬剛被殺死了，地方官一定忙著捉凶手。如今那些姬妾們都看到了，是妖精殺死了馬剛，那地方官一定沒轍，不是一切都沒事了嗎？」

「哈哈哈！仁兄眞是足智多謀呀！」丁兆蘭對歐陽春，眞是佩服到了極點。

第十四回　蔣平妙擒花蝴蝶

翻江鼠蔣平，爲了尋找仍然失散的二哥徹地鼠韓彰，四處沒有消息，於是打扮成了一個雲遊的道士，繼續四處訪查韓彰的下落。

有一天，他來到了一個叫做「鐵嶺觀」的廟宇。門是開著的，正有一個老道士，提著一葫蘆酒，搖搖晃晃的走出來。

蔣平上前搭訕：

「仙長，小道想在這裡借住一晚，可以嗎？」

仙長：一般人對道教中身分地位較高者之尊稱。

酒葫蘆：古人把酒裝在葫蘆中，掛在腰間，出門飲酒方便。葫蘆是瓠瓜的一種，中段凹陷進去，晒乾後可做容器。

說完，瞄瞄老道士手中的酒葫蘆說：

「我也是愛喝酒的，這樣吧！我去替您買一葫蘆酒回來，怎麼樣？咱們喝兩杯。」

老道士一聽有人要去買酒，笑得眼睛瞇成了一條縫，對蔣平說：

「那眞是不好意思呀，第一次來，就要去幫我買酒。」但是，卻把酒葫蘆遞給了蔣平。

蔣平不但買了酒，還帶了一大堆菜，兩人高興的在鐵嶺觀裡喝了起來。

蔣平自稱姓張，又問了老道鐵嶺觀的當家是誰。老道回答是吳道成，面黑如墨，自稱鐵羅漢，一身好武藝。原是響馬出身，是畏罪才出家的。

「我再告訴你一件事，」老道士和蔣平越聊越起勁，便洩露了一個祕密：

「我們當家的，有個朋友叫花蝴蝶，最近鬼鬼祟祟的，也不知道在幹什麼，昨天有人追趕花蝴蝶，最後那人竟反被花蝴蝶捉住，現在正鎖在我們的後院哩！」

蔣平心中非常震驚，便問老道士，被捉之人是何模樣。老道士描述一番後，蔣平心中懷疑：這人可能就是二哥！

蔣平將老道士灌醉後，急忙來到後院，只聽到有人喊著：

「你們把我綁在這裡，是什麼意思？」

蔣平一聽，不是二哥的聲音，就走到那人前面，解了他的繩子，對他說：

「你是誰？我來救你，我是蔣平。」

「哎呀！你是翻江鼠蔣平？我叫龍濤，我跟著花蝴蝶，想伺機爲我哥哥報仇，沒想到卻反被他綁在這裡。對了！昨天還有一個瘦瘦身子的人，本來也要幫我，後來我被捉住，他就越牆走了。」

蔣平一聽，又猜這人可能是二哥韓彰，於是四下探望。蔣平走到了一個竹林邊，看到一間小屋，便躡手躡腳的靠了過去。

他聽到裡面有人在説話，仔細一聽，原來是吳道成和花蝴蝶正在討論一個勾當。

蔣平本來打算要衝進去，但是一想，自己一個人，他們兩個人，便想，先對付一個人好了。於是對著屋內大叫一聲：「無量壽佛！」然後躲在密林中。

吳道成走出來一看，沒人，就去密林中小解。

蔣平趁著吳道成在寬衣不注意的時候，一刀把吳道成刺死。這時，花蝴蝶出來了。

蔣平一個箭步衝上去，一刀刺過去，但花蝴蝶的武藝靈巧過人，一閃即過，然後，以閃電一般的速度，逃得無影無蹤。蔣平只好回來，再找龍濤。

蔣平對龍濤說：

「我們一起去桑花鎮吧！一方面找我二哥，一方面也探一探花蝴蝶的行蹤。」

兩人到了桑花鎮，肚子也餓了，就進了一家酒館。兩人正坐下的當兒，忽看到跑堂的提了一條鯉魚，匆匆的走過去。

「好新鮮的魚呀！給我們來一條吧！」兩人開始點菜。

跑堂的說：

「很抱歉，這魚不是賣的，而是一位受傷的軍官叫我去買來的，是他要吃的，我可是找了好久才找到的。」

蔣平心想，二哥很愛吃鯉魚，這位軍官可能就是二哥，於是跟著跑堂的過去看一看。

蔣平看回來了，心中非常高興，就把跑堂的叫過來，問他：

「那位軍官爲什麼受了傷，你知道嗎？」

跑堂的回答：

「聽說是在鐵嶺觀被人中了毒藥鏢了，這兩天，軍官除了吃魚，也去藥鋪抓了一些藥來吃。」

蔣平一聽是毒藥鏢，立刻急得汗流滿面。龍濤看蔣

毒藥鏢：一種暗器，鏢的尖頭塗有毒藥，被射中後，毒藥會隨著鏢頭進入皮膚、血液內，非常危險。

平，一下子高興，一下子又擔心，被弄得一頭霧水。

蔣平說：

「那軍官眞是我二哥韓彰。只怕他不見我。」

說完，就往軍官的房間走去。

只見蔣平高喊一聲：

「哎呀！二哥，你怎麼在這裡？我找得你好苦哇！」

韓彰一看是蔣平，轉身不理他。

蔣平哭著對韓彰說：

「二哥你氣我，我知道，當初五弟所做的事，不顧法紀胡來，大哥急得想自殺，如果不是遇到包公，賞識我們，怎能讓五弟既不用坐牢，還封了官職？

我們兄弟五人，在陷空島結義以來，朝夕相處，未曾分離，今天我們四個都受了皇恩，獨缺二哥。我們找你已經找了好久了，如果你再不理我，我乾脆眞的出家做道士算了。」

韓彰也掉下了眼淚，轉頭對蔣平說：「你騙我的藥，爲什麼把兩顆都拿走？我昨天中了毒藥鏢，差點命都沒了……」

蔣平連忙解釋：「我是爲了塞那字條給你呀！你的荷包又不大，而且，我怎麼知道你今天會中毒藥鏢呢？」

韓彰笑了出來，拉起蔣平，問大家可好，說完就把與花蝴蝶交手的情況對蔣平敘述了一遍。蔣平也向韓彰介紹龍濤這個人。

過了幾天，在蔣平和龍濤的悉心照顧之下，韓彰的傷漸漸復元了。

他們三人打聽到花蝴蝶投奔到信陽的鄧家堡去了，便決定一起去緝捕花蝴蝶。韓彰仍是軍官打扮，蔣平仍做道士，而龍濤則化裝成做生意的小販。

龍濤對韓彰和蔣平說：

「還有一件事，我本來和歐陽春、丁兆蘭兩位大人約好在灶君祠見面的，如今要改去信陽，我得先找人去茉花村送個信才是。」

「好吧！」大家約在信陽的河神廟碰面。

至於茉花村這邊，由於丁母身體不太舒服，丁兆蘭和丁兆蕙本來打算要和歐陽春一起去找花蝴蝶的，如今也只能歐陽春一個人去了。

此時，龍濤托馮七帶的信也到了。馮七並將蔣平在鐵嶺觀中救了龍濤，刺死了吳道成，嚇走了花蝴蝶，又遇見韓彰，並改約在河神廟等事，一一向丁兆蘭、丁兆蕙和歐陽春報告。

「好！」歐陽春說：「我看我一個人先去河神廟好了，兩位賢弟還是留在家中照顧母親較妥。」

丁氏兄弟爲了母親，只好送走歐陽春。

歐陽春到了河神廟，看到一個賣餅的小販正在吆喝著生意，仔細一看，是龍濤。

歐陽春就走上前去，問龍濤：

「我要買一張大餅。」

龍濤抬頭看，是歐陽春，便暗暗點了一個頭，包了一張大餅給歐陽春。

歐陽春告訴龍濤，要到廟裡去找一個叫做慧海的和尚後，就進了河神廟。

歐陽春和慧海和尚本來是舊識，見面後，高興的敘了舊，歐陽春就在廟裡住下了。

過了一天，歐陽春正在和慧海和尚下棋，外面忽然走進來一位公子，衣服華美，長得是一臉風流像，不過，眼露凶光，看來不是什麼善類。

公子和慧海和尚打招呼後，也住進了廂房裡。歐陽春忙向慧海打聽，原來這人姓胡，是來此地訪友的。

此時，忽聽到外面有人趴在窗户外往裡面東張西望，還一邊叫著：

「老王呢？我要找的老王呢？」

這人瞄瞄歐陽春，又瞧瞧那胡公子。歐陽春看出來了，他是龍濤的朋友馮七。

歐陽出了廟，把馮七拉到路邊，問他：

「你剛剛在看什麼呀？」

馮濤回答：

「我在看剛剛那位胡公子，其實他就是花蝴蝶，我一路跟蹤他到了這裡，沒想到他化名姓胡。」

歐陽春笑著說：

「姓胡也沒錯呀！他是蝴蝶嘛！」

說完又對馮七說：

「你和龍濤講一聲，夜裡防著點。」

到了晚上，歐陽春的屋裡不點燈，歐陽春在房裡一直注意著花蝴蝶的動靜。花蝴蝶的房裡，本來是亮著燈的，後來忽地一晃，燈滅了，一條黑影閃了出來。

歐陽春心想：

「好個俐落的身手，可惜他怎麼不學好呢？我趕快跟過去瞧瞧吧！」

歐陽春快步跟去，跟著黑影上牆，下牆，一個閃神，黑影不見了。

此時，樹上跳下兩個人，歐陽春一看，是馮七和龍濤。三人猜不出花蝴蝶究往哪兒去了，只好決定：反正他還會回來，我們就在這兒等他好了。

但是一直到天亮，都沒看到花蝴蝶的蹤影。歐陽春說：

「糟了，他可能溜走了。我們趕快去他房裡看一看。」

三人奔到花蝴蝶房裡，什麼也沒有，只有小布包，打開一看，是一些打扮成公子要用的衣飾。

歐陽春嘆口氣說：

「眞的給他溜了！現在只好另起爐灶，重新再找了。這樣吧！馮七，你先去附近一個叫做小月村的地方探聽一下。聽說那裡有一座漂亮的佛樓，我懷疑花蝴蝶可能會去那邊做些什麼不軌的事情。」

馮七飛也似的去了。

這時，忽然又來了一位軍官打扮的人，原來是韓彰來了，後面跟著蔣平。大家又在一起討論怎麼找花蝴蝶的事。

馮七辦事效率奇佳，迅速的帶回了寶貴的消息：花蝴蝶眞的上小丹村去了，他本來是要投奔鄧家堡的神手大聖鄧車，卻忽然想到鄧車快過生日了，尚未準備生日禮物，乾脆去佛樓上把那個鑲著許多珠寶的寶燈偷來算了。

不料，偷的時候，觸碰機關，差一點被擒。但是花蝴蝶身手不凡，一連砍傷兩人後，又逃了出來，現在已經投奔到鄧家堡去了。

「原來是這樣，我看，我先去一趟鄧家堡。」蔣平對大家說：「如果黃昏時分還沒有回來，你們就來找我吧！」

蔣平仍是一身道士打扮，一路來到了鄧家堡。這一天，正好是鄧車的生日，蔣平在鄧家大門口左逛右逛的，忽然，大門開了，鄧車和花蝴蝶正送客人出來。

花蝴蝶一眼瞧見了道士打扮的蔣平，就對他說：

「喂！你進來，我有事情要問你。」

蔣平只好進了鄧家堡。

花蝴蝶有些懷疑蔣平，就質問他：

「快說！你爲何要假扮道士？你有什麼陰謀？」

蔣平回答：

「冤枉呀！我是眞的道士呀，哪有什麼陰謀？」

鄧車也覺得奇怪，便問花蝴蝶：

「你怎麼會去懷疑一個出家人呢？」

花蝴蝶便將在鐵嶺觀，被一個道士模樣的人追殺的事情，告訴鄧車。

鄧車說：

「這也不一定能證明這個道士就是那個道士呀！」

「不管！」花蝴蝶寧可錯殺，也不要漏失，於是命令下人：「把他吊起來打。」

蔣平被吊起來的時候，身上暗藏的小刀「哐啷」一聲掉到了地上。

「你看！哪有出家人還帶刀？這分明就是有問題。」花蝴蝶命令手下用力打。

蔣平被打得哎哎叫，直說：

「我那把小刀是自衛用的，不是什麼武器。」

花蝴蝶繼續問：

「說！爲什麼要行刺我？」

蔣平只是哎哎叫，不理花蝴蝶，但是身上已經被打得衣破肉開了。

鄧車看不過去了，上前攔阻說：

「今天是我的生日，何苦爲了一個道士，壞了我們的酒興呢！算了吧！先把他關起來，明天再說。」

花蝴蝶才猛然想起，今天是鄧大聖的生日，這樣的打人，實在有點不好意思。於是叫下人鬆了手，並吩咐下人把蔣平關起來。

看守蔣平的兩個人，覺得很不公平，爲什麼別人可以在前面熱熱鬧鬧的歡度主子的壽誕，而他兩人卻要在後院守著這一個衣服、皮肉被打爛的小道士呢？而且，肚子餓得咕嚕叫，還沒吃飯哩！

蔣平對他們說：

「反正我受了傷，跑不掉的，你們兩人就去吃飯吧！」

看守的二人想想也有道理，就把門從外面鎖住，到前面去了。

已經到了晚上了，歐陽春和韓彰等人趕到了鄧家堡。他們在屋頂上輕步行走，找到了蔣平被關的地方。

看到看守的人去吃飯了，歐陽春便跳下來救蔣平。

歐陽春把綁住蔣平的繩子解開後，蔣平舒展了一下身子說：

「我全身又瘦又麻，你們得先把我背到一個可以休息的地方，好讓我恢復體力。」

歐陽春夾起了蔣平，就來到了花園，看到花園裡有一座葡萄架，便把蔣平輕輕放到葡萄架上，然後抽出寶刀，往前廳走去。

誰知看守的兩人吃完飯又立刻回來了，發現蔣平被人救走了，繩子散在地上，便急得跑到廳上向花蝴蝶和鄧車通報。

一時之間，花蝴蝶提了利刃，鄧車摘下鐵彈弓，一出門就看到歐陽春揮著刀，迎面而來。

鐵彈弓：能發射鐵彈的彈弓，有強大的殺傷力。

鄧車扣上彈夾，緊急向歐陽春發射鐵彈子。

歐陽春舉起寶刀，且聽到「噹」一聲，寶刀擋掉了鐵彈子。

鄧車又連發數顆，歐陽春也一一躲過，花蝴蝶在一旁看著。沒想到，腦後一陣風，敏捷的花蝴蝶立刻警覺的閃躲掉，原來是韓彰一刀砍過來！

花蝴蝶嚇得拔腳就溜，逃到了花園中，一眼看見有座葡萄架，便往架下一蹲，心想：先避一避鋒頭吧！

正在架上休息的蔣平，一看，剛剛下令拷打他的花蝴蝶，現在正躲在架子底下，他以爲他沒事咧！

但一想，自己手無寸鐵呀！剛剛那刀，也被沒收了去，怎麼辦是好？

忽然蔣平腦中靈光一閃，心想：我乾脆跳下去，砸他一下子，不也可以出出心中一口怨氣？

想定，就雙手抱肩，跳了下去，正好壓在花蝴蝶身上。花蝴蝶登時眼冒金星，兩耳嗡嗡作響。但是敏捷的花蝴蝶顧不得疼痛，立刻站起來，往牆邊奔去。

此時韓彰趕到，蔣平爬起來對韓彰說：

「花蝴蝶往那邊跑了。」

韓彰緊跟過去，眼看要追上了，花蝴蝶將身一躍，上了牆頭。又一跳，翻過了牆。

這時只聽得一聲：

「龍濤在此，花賊哪裡逃。」

花蝴蝶轉身往西跑，誰知被韓彰攔住，花蝴蝶又往橋上跑，不料跑到橋上一半，被人一把抱住，說：

「咱們下去洗個澡，如何？」

說完，兩人便滾下橋去。

花蝴蝶是地上飛的，到了水裡，就一點輒也沒有啦！咕嚕咕嚕喝了好幾口水，就嗆昏了過去。

蔣平托起花蝴蝶，讓龍濤提到橋上，和馮七一起把他綁好。韓彰說：

「你們先在這裡等，我去前面接應歐陽春。」

而鄧車這邊，因爲連發了三十二顆鐵彈子，也沒打到歐陽春，正在著急的時候，韓彰跑過來說：

「花蝴蝶已經被擒了，你還有多大本領？」

鄧車一聽，立刻「咻——」的一聲，跳上屋頂，逃走了。

歐陽春又趕回橋上，對大家說：

「鄧車已經溜了，現在天氣這麼冷，花蝴蝶又掉到了水裡，我看，先給他換件衣服，烤烤火吧！若眞凍死了，也就不美啦！」

大家分頭去房裡找衣服，原來鄧家堡的人知道出事，統統跑光了。大家弄了衣服來，又升起了小火爐，幫昏迷的花蝴蝶換衣服，烤火。

韓彰對大家說：

「今天好像是鄧車的生日，你們看，桌上好豐盛的酒菜，還沒開動呢！大家一起來吃個痛快！」

大家就不客氣的坐下了，花蝴蝶也悠悠醒了過來，還一邊叫著：

「唉——可要淹死我了。唉——」

蔣平到了花蝴蝶前，鄭重的對他說：

「花冲，我們已經幫你換了衣服，現在你把這杯酒喝了，好祛祛寒。明人不做暗事，我會叫你死而無怨的。你所做的事情，玷辱婦女，作惡多端，人人咬牙切齒。我們是爲了打抱不平，才前來捉你的。明天就把你解送到開封府，治你的罪。」

花蝴蝶聽了，低頭不說話。

歐陽春對大家說：

「這件事到這裡就告一段落了，我還要趕回茉花村去，因爲丁兆蘭和丁兆蕙雙俠的小妹，將在年底和南俠展昭結婚，我必須趕回去。」

蔣平和韓彰把花蝴蝶押到了開封府，包公立刻升堂，問明了花蝴蝶的罪行。花蝴蝶一一承認，包公就判處花蝴蝶死刑，斬首示衆。

且說韓彰，和大哥盧方、三弟徐慶、五弟白玉堂又重逢了，心中高興得不得了，其中曲折離奇，眞是悲喜交集呀！

第二天，包公上朝的時候，也將這情形稟報了聖上，還對聖上説，韓彰回來，五鼠便到齊了。

皇上很高興，馬上召見韓彰，封他爲校尉。和其他幾鼠一樣，韓彰也是開封府裡的一個官啦！這全是皇上和包公識得眞英雄，爲國舉才呀！

爲了方便工作，盧方還在開封府附近，買了一棟房子，仍是五個人住在一起，每天熱熱鬧鬧的，嘻嘻哈哈的，好快樂！

而南俠展昭，也在年底和丁小妹月華舉行了婚禮，婚後還接了丁母一起住。加上附近的五鼠和諸位朋友，日子愉快極了！

後記：

三俠五義的故事，就到這裡結束了。透過書中一個個鮮活的人物，你是否也有「大丈夫當如是」的英豪氣概呢？

包公的大公無私，值得我們景仰，各位俠士的義行，也讓我們熱血沸騰。三俠五義的故事，能流傳幾百年，有它的眞義。

只要能在這些個故事中，找到心中的明燈，帶來些許人生的啓示，就值得了。

中國古典名著少年版⑤

三俠五義

1998年7月初版
定價：新臺幣250元

原　　著　石　玉　崑
改　　寫　沙　淑　芬
插　　畫　洪　義　男
執行編輯　黃　惠　鈴
發 行 人　劉　國　瑞

出 版 者　聯經出版事業公司
臺北市忠孝東路四段555號
電　　話：23620308・27627429
發行所：台北縣汐止鎮大同路一段367號
發行電話：2641866１
郵政劃撥帳戶第0100559-3號
郵撥電話：26418662
印 刷 者　雷射彩色印刷公司

行政院新聞局出版事業登記證局版臺業字第0130號

ISBN 957-08-1819-0(平裝)

國家圖書館出版品預行編目資料

三俠五義 / 石玉崑原著；沙淑芬改寫；洪義男插畫．--初版．--臺北市：聯經，1998年

面；　　公分．（中國古典名著少年版；5）

ISBN　957-08-1819-0(平裝)

859.6　　　　　　　　87007974